通商護衛機動艦隊
興国の楯

林 讓治
George Hayashi

Rekishi Gunzo Books
Gakken

この作品のいっさいは架空のものであり、実在の人物、設定などに類似する点があっても、
それらはすべてフィクションであることを、あらかじめお断りしておきます。

通商護衛機動艦隊

興国の楯

目次

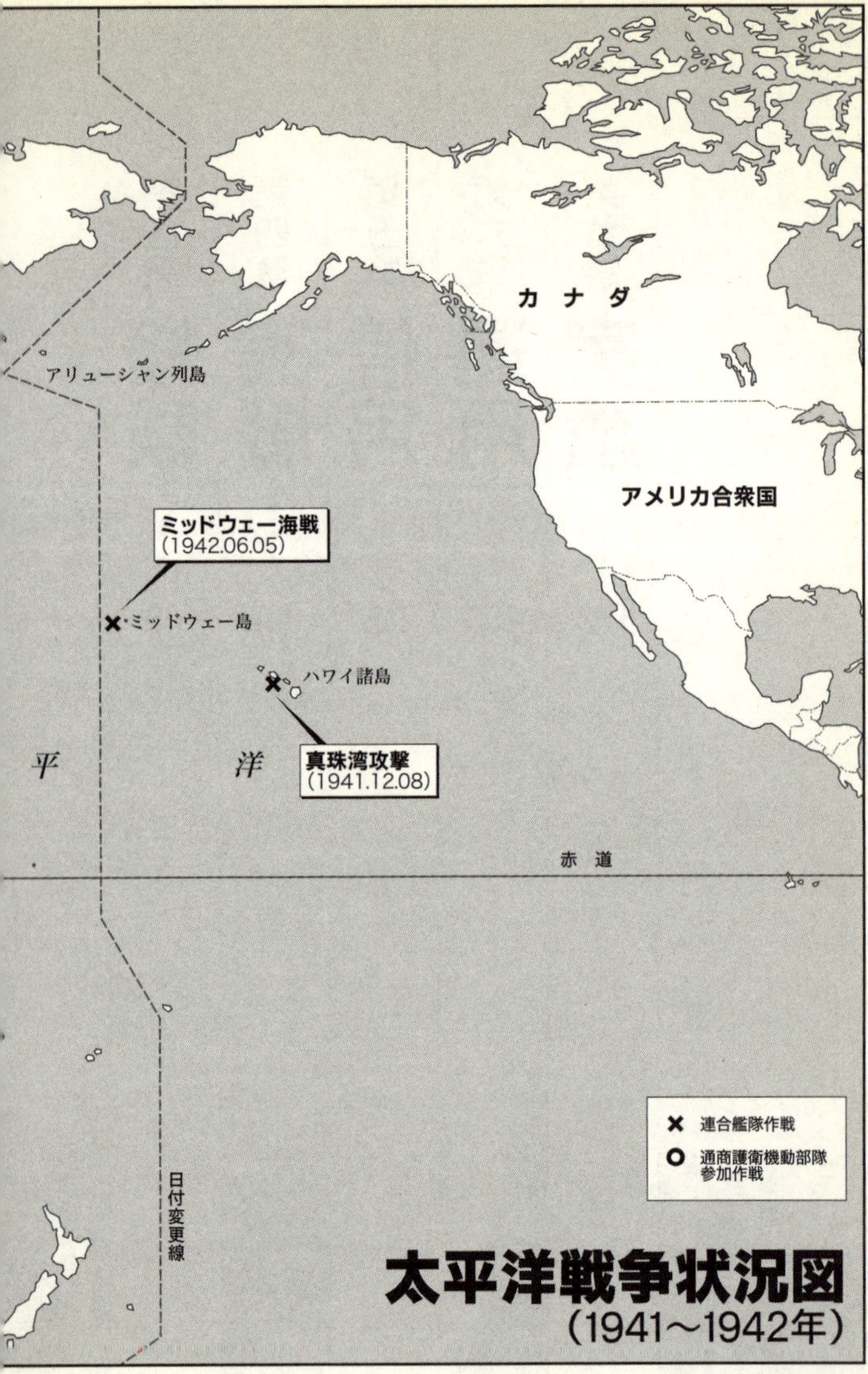

カ ナ ダ
アリューシャン列島
アメリカ合衆国
ミッドウェー海戦
(1942.06.05)
ミッドウェー島
ハワイ諸島
平
洋
真珠湾攻撃
(1941.12.08)
赤 道
連合艦隊作戦
通商護衛機動部隊参加作戦
日付変更線
太平洋戦争状況図
(1941〜1942年)

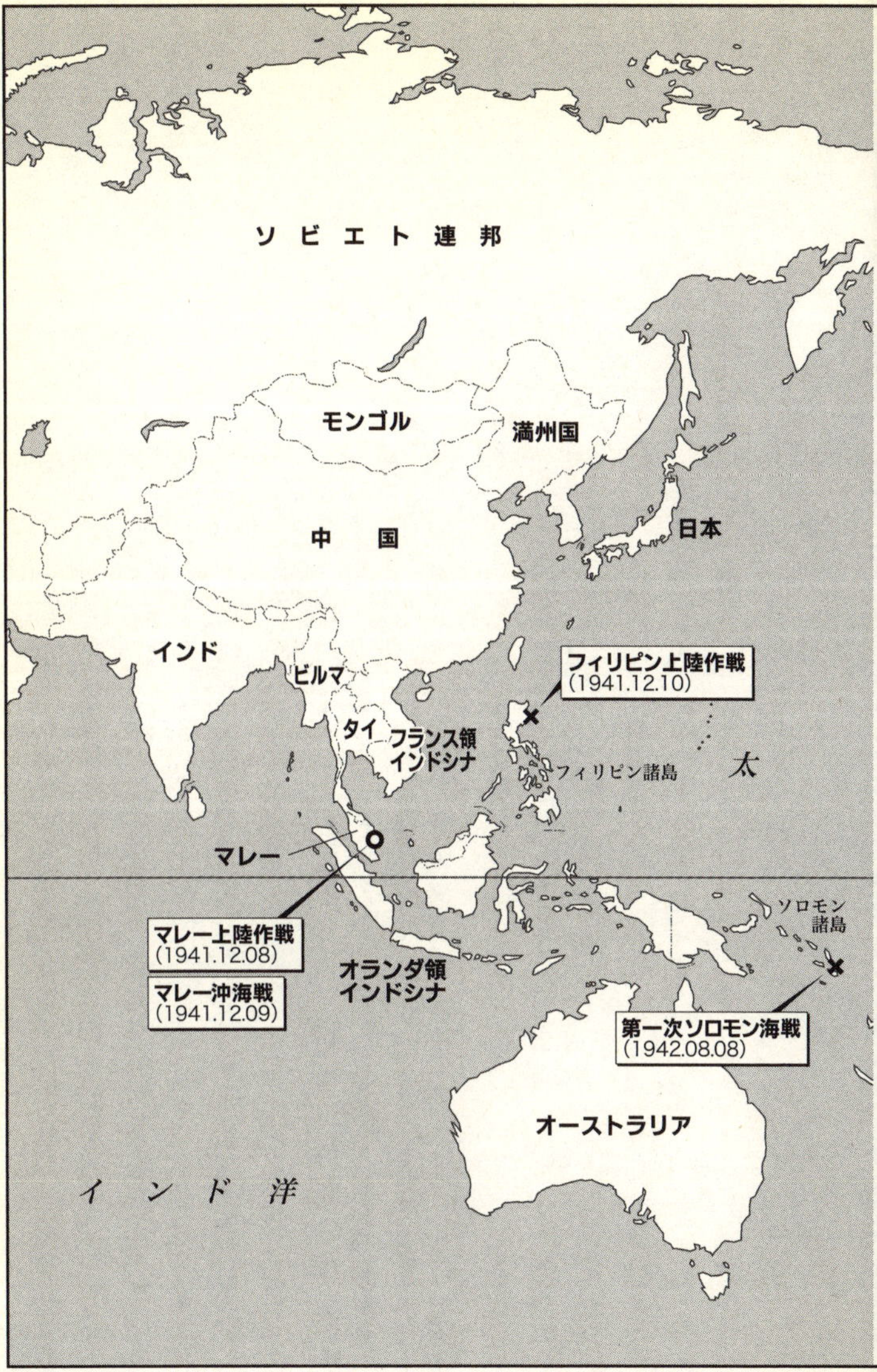
ソビエト連邦
モンゴル
満州国
中国
日本
インド
ビルマ
タイ
フランス領
インドシナ
フィリピン上陸作戦
(1941.12.10)
フィリピン諸島
太
マレー
マレー上陸作戦
(1941.12.08)
マレー沖海戦
(1941.12.09)
オランダ領
インドシナ
ソロモン
諸島
第一次ソロモン海戦
(1942.08.08)
オーストラリア
インド洋

本文デザイン――河野芳樹
本文イラスト――居村眞二
編集――細田　浩(スタジオ・とき)
DTP・地図作成――鈴木規之

プロローグ

「間違いない、平甲板型駆逐艦だ」

重巡ミネアポリスの艦長、カールトン・ライト少将は、遠くに見える駆逐艦をそう判断した。判断はしたが当惑もする。平甲板型駆逐艦は米海軍の駆逐艦だ。それに間違いはない。それらは第一次世界大戦時に量産されたものである。ともかく不足する駆逐艦戦力を埋めるためのものであり、性能は建造場所と時期によってピンキリだった。良い艦はこの戦争でも現役だ。悪いものは、とうの昔にスクラップにされるかトンあたりいくらで屑鉄《くずてつ》としてあちこちに売却されている。

「どうしてこんなところに平甲板型駆逐艦がいるんだ、しかも四隻も？」

「掃海作業か何かでは？」

第六七任務部隊がその部隊に最初に気がついたのは、レーダーによる情報だった。しばらくは彼らはそれを敵と判断し、反航するかたちでひそかに接近を試みていた。月明かりもあり、彼らは問題の部隊を肉眼でも確認しようとした。

夜の海にかろうじて部隊のシルエットが浮かぶ。それはしかし、明らかに日本海軍の駆逐艦などではなく、米海軍の平甲板型駆逐艦のそれであった。

「司令官、もしかすると輸送船団の護衛にあたっていた警備艦では」

「警備艦か……」

その可能性は確かにある。事実、彼らの任務部隊はハルゼー司令長官の命令により、一部戦力を輸送部隊の警護にまわしていた。戦局の展開により、エスプリッツ・サント島からガダルカナル島までの海域は、連合軍、というより米海軍にとって何より重要な航路帯となっている。ライト少将も輸送部隊の現状までは把握《はあく》していなかったものの、それがいま重要な任務を担《にな》っていることは知っていた。

あいにく気象の関係か、電離層の影響か、レーダーの性能はいまひとつベストとはいいがたい。それでも近距離まで接近すればいろいろなことがわかる。

「司令官、レーダー室からです。問題の艦艇の後方に多数の船舶が認められたそうです。速力から判断して、多くは貨物船の可能性が高いそうですが」

「やはり輸送船団か」

ライト少将は、ほっと緊張をゆるめたため息をつく。戦闘を回避できた安堵《あんど》感からではない。ひとつ間違えば、友軍の輸送船団に奇襲攻撃をかけるところだったからである。実際、レーダーで発見した時点で砲撃をかけてもよかったのだ。だが敵味方の識別を慎重に行ったことで、悲劇を未然に防ぐことができた。

「まぎらわしい。なにもこんな海域で平甲板型駆逐艦なんぞ持ちださなくても」

「そうじゃあるまい。シルエットが特徴的な艦艇だからこそ、あえてこの海域で使うんだろう。敵味方が錯綜《さくそう》している海域だからな。実際、我々もあやうく同士討ちをするところだったのを、それで回避できたんだ」

米海軍は状態のいい平甲板型駆逐艦を多数運用していた。しかし、駆逐艦籍にあるのは一隻のみであり、ほかは船団護衛などの護衛艦艇として用いられている。老朽《ろうきゅう》艦の運用としては妥当なところだろうが、それでも三〇ノット以上の速力を出すことができ、護衛艦艇として考えるなら、なかなかの実力を持っている。

「艦長、駆逐艦が接近してきます！」

見張員が叫ぶ。それはレーダーよりも迅速な報告だった。夜間なので詳細《しょうさい》はわからない。しかし、四隻の平甲板型駆逐艦は白波を立てて進んでくる。彼らからは、ただ波だけが急接近してくるように見えた。

「馬鹿者が！　奴らは敵味方の区別もつかんのか!!」

しかし、四隻の駆逐艦はどうやら敵味方の区別がつかないらしい。明らかにこちらをめざして突進してくる。

第六七任務部隊は巡洋艦だけでも五隻ある。しかもうち四隻は重巡洋艦だ。それに向かって飛びこんでくるとは、敢闘精神こそ評価できるが、無茶もいいところだ。

もっとも輸送船団としては、この四隻で敵主力を引きつけている間に貨物船を避難させようというこ
となのかもしれない。それもまた立派な心がけだとライト少将は思う。思うけれど、敵味方の区別くらいしろよ、とも思うのである。

「ワレ……ミネアポリス……ワレ……ミネアポリス……」

重巡洋艦からは、激しく信号が駆逐艦に向かって送られる。それが功を奏したのだろう。駆逐艦は速力を落としはじめた。それでも二〇ノット以上は出ていたが、彼らに向かって突き刺さるような方向から、併進する方向に転舵はしているようだ。

「あぶない、あやうく奴らも同士討ちをするところだった」

「艦隊司令部には付近の友軍部隊に関する正確な情報を流すよう、上申《じょうしん》すべきではないでしょうか、司令官」

「ああ、その必要は十分にあるな。彼らがこちらを雷撃すれば、貴重な巡洋艦が失われる。こちらがあちらを撃破すれば、ガダルカナル島の補給は途絶してしまう。どっちにしても大惨事になりかねん。こちらのミスはただ日本海軍を喜ばせるだけだ」

ライト司令官は任務部隊に対する戦闘用意命令を解除した。砲身は上を向き、何かの間違いで弾が出ても命中はしないようになっている。

だから、おとなしく併進する四隻の駆逐艦で「何か」が光り、ついで発行信号が発せられたときも彼

らには何があったかわからなかった。

「何と言っている？」

「ワレ……イノシカチョウ……いのしかちょう？

何でしょうか？」

「いのしかちょう……さっぱりわからん。信号手が不慣れなんじゃないのか。海軍も昨今は粗製濫造《らんぞう》気味だからな。もう一度信号を送りなおさせろ」

だが結果は同じだった。

——ワレ、イノシカチョウ。

重巡洋艦ミネアポリスが水柱とともに激しい衝撃に襲われたのはその瞬間だった。それは明らかに魚雷が命中した衝撃だった。としたら、あの駆逐艦の光は魚雷発射管の……。

「馬鹿者が！」

それがわかった頃にはすでに手遅れだった。至近距離から十分な時間をかけてゆっくりと照準していたらしい。四隻の平甲板型駆逐艦は一隻が一艦を葬《ほうむ》るつもりで雷撃を敢行したのだろう。陣形の先頭四隻が一気に雷撃を食らったことで、任務部隊は大混乱におちいる。特に旗艦ミネアポリスの被雷は、指揮系統を一時的に混乱させた。そしてその頃、四隻の駆逐艦は、炎上する四隻の重巡洋艦を残して最大戦闘速度で去ってゆくところだった。

「馬鹿者が、やっぱり敵味方の区別がついていなかったのか！」

急激に傾斜する重巡ミネアポリスの艦橋で、ライト少将は吠《ほ》える。だが彼はその過《あやま》ちを参謀に指摘された。

「司令官、あれは敵です、日本軍です！」

「何だと!?」

白波を立てて遁走《とんそう》する、四隻の平甲板型駆逐艦。

それはどう見ても米海軍の旧式駆逐艦であった。だがそのしんがりの駆逐艦には、大漁旗のような巨大な旗が掲《かか》げられている。それは勝ち鬨《どき》をあげているかのようだった。
燃える重巡の炎を浴び、その旗は朱《しゅ》に染まった。
炎を浴び、日章旗はひときわ朱《あか》かった。そしてそれは旭日旗《きょくじつき》ではなかった。

第一章 人選

1

三清《さんせい》汽船は海運会社としては小さな会社だった。持ち船が貨物船二隻。しかもそのどちらもが海外航路ではなく内航船であることからも、その身代《しんだい》のほどがうかがわれるだろう。

二隻の貨物船は、第一三清丸と第二三清丸というひねりも何もない船名だ。これらは昭和一五年の海運業界では「海上トラック」と呼ばれるカテゴリーに含まれていた。大正時代まで内航船は木造帆船が主流であったものが、焼玉エンジンの普及によって小型の鋼鉄船がそれらに代わる。喫水《きっすい》も浅く海から河川《かせん》に入ることもできるので、港湾から陸路を経ることなく直接物資を需要者に運べるため、コスト的にも有利であったからだ。

二隻の貨物船は商船式の表記でいえば、総トン数五一〇トン、積載重量七三〇トン、六〇〇馬力の焼玉エンジンで最大速力一二ノットを出すことができた。まあ、海上トラックとしては標準的なところだろう。

この第一三清丸と第二三清丸、字面《じづら》だけ見ていると、第一三・清丸とか第二三・清丸とも読めるので、事情を知らない人などは、三清汽船を実体以上に大きな会社と思う人間もいた。これと経営者の口のうまさと「菜種《なたね》と船員は絞れば絞るほどとれる」という経営方針から、会社の経営は順調だった。そう、誰かが豊かになるということは、誰かが犠牲になっていることでもあるのである。

そしてその「絞られる」側の筆頭に、第一三清丸船長北島哲郎がいた。もっとも彼が一番絞られることは、彼自身が他人から搾《しぼ》りとらないということを意味しない。弱肉強食が世のならい。それは彼が海軍で学んだ数少ない真実、いや事実であった。すでに昔のことではあったが。

2

昭和一五年も秋から冬になろうかというとき、第一三清丸は久々に本社のある新潟に戻っていた。これから冬になる前に、船の補修をしなければならない。冬の日本海は荒れるのだ。

もっとも、いくら日本海が荒れても休みはない。日本の海運業も大正末から昭和初期にかけては船員の大量解雇などもあったりして、海運従事者の数も最盛期の半分にまで落ちこんだ。しかし、満州事変を機に状況は変わりはじめ、日華事変以降は海運業は急激に業績を伸ばしていた。大陸との輸送量の増大は経済を活性化させ、経済が活性化すれば物も動く。内航船も忙しくなる道理である。

北島は造船所に船を入れてから、久々に会社に顔を出した。ちなみにこの「造船所」というのは、三清汽船社長の妻が経営する実質的には同じ会社なのであるが、登記上は別会社である。社員から絞るだけでなく、税金も節約するのがここの社長だ。

三清汽船の社屋は昭和一五年の日本の基準から見ても、安普請《やすぶしん》としかいえなかった。いまどき株式会社ともなればもっとモダンな建物を期待するのだが、そこにあるのは古い長屋のような建物。というより社長の親が経営していた長屋を改装して社屋にしたらしい。おかげで社屋としては不思議な造りの部分が多かったが、社員のほとんどが外で忙しく飛びまわっていれば、こんな社屋でも不都合はないらしい。実際北島にしても、ここに顔を出すことは一年のうちでもそれほどない。

「おう、社長、久しぶり」

「にゃー」

たてつけの悪い引き戸をあけると、入れかわるように太った三毛猫が出ていった。名前はミケだかタマだかあるようだが、北島は「社長」と呼んでいた。社長一家の飼い猫ということもあるが、この社長なら税金対策のためなら飼い猫さえ専務取締役ぐらいにはしかねないからだ。社員の多くは痩《や》せているが、この猫は世間の重役なみに恰幅《かっぷく》がいい。それだけでも資格は十分だ。

社内に入ると、薪《まき》ストーブが焚《た》かれていた。石炭でないのは、燃料は近くの海岸に流れついた流木などを集めて薪《たきぎ》にしているからだ。朝起きたら海岸を散策して使えるものが流れていないか探《さが》すのが、社長の子供時代からの習慣らしい。

「おう、北さん、おつかれ」

社長の三木が愛想よく北島を迎える。愛想を振りまくぶんには金はかからない。この還暦《かんれき》近いオヤジが社長の三木清。見るからに小柄で実直そうな苦労人だ。実際、実直で苦労人なのは間違いない。だから彼は社員からピンハネはしなかったが、搾取《さくしゅ》はした。自分も若い頃、さんざん安い金でこき使われたから、経営者になったいま、自分が人をこき使う番だというのが理由その一。そういう逆境が自分をここまで育ててくれた、だから若い者を搾取し、人間として育てるのだという善意が理由その二。

実のところ北島哲郎はこれでも海軍少佐までは行った人間で、どう考えても「若者」と呼ぶには無理がある。だから自分を搾取するのはやめてほしいとも思うのだが、「いやいや、北島船長はいつまでもお若いから」と三木社長はゆずらない。こういうときだけ若く見られてもうれしくない。

三木清の名前をとって三清汽船というのも、ひねりのないといえばひねりのない名前だ。もっとも本人は、名前をひねってどうすると思っているようだ。

「北さんにお客さんだよ」

「客? おれに? 誰が?」

「さぁ、北さんの古い知りあいだそうだ。住所は教えたから、今晩にもやってくるんじゃないか」

私的な用件の客にはお茶も出さないのが三木社長のポリシーだった。おかげで会社経営は黒字だが、会社がいまより大きくなれないのもこのポリシーのためだった。

客が何者か、結局わからなかった。北島と同年輩の身なりのいい男ということはわかったが、名前も職業も不明だ。名刺さえ渡さなかったらしい。三木社長の見たところ、海の男ではないということだが、それなら海軍時代の知りあいでもなさそうだ。

もっともそれが海軍軍人だったとしても、心あたりはない。多くの海軍将校は利口者だ。海軍大学校まで進みながら、教官を殴ったような男を訪ねる奴などいるはずがなかった。

海軍をやめることとなった直接の理由は、当時海軍大学校の教官で、いまは軍令部第一部長となっている宇垣少将を殴ったことにある。ただ、周囲のとりなしで事件は公《おおやけ》になることなく穏便に処理された。しかし、軍法会議にはかけられなかったものの、穏便な処置には穏便な処罰が隠されていた。

北島少佐はすぐに待命となる。つまり補職の命令が出されない。俸給は出るが海軍に仕事はない。飼い殺しだ。待命期間は一年。この間に補職ができないと休職状態ということになる。休職が二年続いて予備役編入。兵科将校は五〇歳が現役定限年齢で、予備役の将校はその年齢に達すると、その翌三月末で予備役期間が終わり、後備役となる。

とりあえず現役定限年齢の五〇までにはまだ何年かあるわけだが、海軍兵学校の同期でトップクラスのハンモックナンバーだった北島少佐も、海軍から俸給が出なくては働かなくてはならない。海軍にはいろいろと取引のある企業や会社もあり、北島もそれなりにコネはあった。

しかし、軍令部第一部長を殴った男を雇うというのは、海軍に喧嘩《けんか》を売るようなもの。海軍とつきあいのあるそういう会社は北島には冷淡だった。結局、駆逐艦の航海長だった経験を生かせる場として、現在の職についていた。現役時代に乗っていた一等駆逐艦に比べれば、第一三清丸は積載量以外では勝てる部分は一つもない。だが、いまそこが北島の職場であり、そこでは彼が一国一城の主《あるじ》であった。

会社で用件を済ませ、安普請のわが家に戻る。一年の大半を留守にするから、半分廃屋《はいおく》になりかけている。去年など、冬に戻ったら家が雪に埋もれていた。たまりかねた親切な隣人が雪かきをしてくれなかったら、北島は帰る家さえ失っていただろう。

帰宅したときはすでに夜になりかけていた。電灯をつけると居間が明るく照らされるが、男やもめでは明るい居間もわびしさばかりが目についてしまう。ほかにすることもなく、北島はせまい台所で夕食を作る。料理はそれなりに達者なほうだった。それもまた海軍時代に艦隊勤務で学んだことだ。いまとなっては海軍に対していい思い出はないが、自分の生活のそこかしこに海軍が染《し》みついているのは隠しようもない。

北島はいまは一人で住んでいる。以前は妻子がいたのだが、父親も海軍中将という彼の妻は、自分の夫が待命となった翌日に子供を連れて実家に戻った。

「あなたがご自分の人生を棒に振るのは勝手です。しかし、信一郎の人生はどうなさるおつもりですか！」

妻であり息子の母である女性にそう詰問《きつもん》されては北島も返答のしようがなかった。べつに人生を棒に振ろうと思って宇垣少将を殴ったわけではない。気がついたら殴っていただけだ。

それだけに、息子のことを持ちだされるのはつらかった。妻にしてみれば、父は海軍中将まで行った人物、夫は同期の出世頭でゆくゆくは艦隊司令長官も狙える男、そうであれば自分の息子が海兵に進むのは太陽が東から昇るのと同じくらい、当然のことだったのだ。

それが一転、夫は海軍を待命となった。それだけでなく海軍を敵にまわしてしまったのだ。そんな男の息子が海軍に入って何が期待できるだろうか？

正直、北島は妻に何の不満もなかった。彼が同期の出世頭である限り、彼女は理想の妻であった。だが妻から息子の将来うんぬんを言われると、離婚を認めるしかなかった。息子は「北島」から妻の旧姓に戻り、息子は海軍中将の孫として海兵に入学したはずだ。

いまになって北島は思う。自分たち夫婦は結婚していても、誰が結婚相手なのか誤解しつづけていたのだと。夫は女を愛し、女は「海軍将校」を愛していた。夫と海軍将校がイコールでなくなったとき、結婚生活が破綻《はたん》するのは自明のことだ。

来客があったのは、北島が鍋焼うどんを食べているときだった。

「おれだ、おれだ！」

名前を名乗らず、おれだ、おれだを連呼する詐欺のような相手だったが、北島は玄関に出てドアをあける。そうしないとドアの蝶番《ちょうつがい》がはずれかねないからだ。ドアをあけると男がそこにいた。

「久しぶりだな、てつさん」

「たっつぁんか！」

3

「東京からわざわざ？」

「そうだ。これが証拠だ」

「たっつぁん」こと小森辰男は、そう言いながら土産物を北島に差しだす。弁当や酒のたぐい。どれも北島の好物だ。

北島はとりあえず鍋焼を片づけて、皿を二人前ほど用意し、弁当を分ける。二人とも元をただせば北海道の寒村の出身。一つのものを分けるのは、めずらしいことではない。北島が海兵でもっとも驚いたのは、一人の人間にちゃんと一人前の食事が出ることだった（もっとも都市部の人間には、そんなのはめずらしくはなかったようだが）。東京や大阪などの都会出身の人間とは、そうした点で意識に大きな違いがあった。

「大豆もあるのか」

「好物だろう、大豆は」

「どこの産だ？」

「満州に決まってるだろ。世間には国産の大豆じゃなきゃ駄目だと言うような奴がいるが、そんなことはない。ちゃんとうるかして煮豆にでもすれば……」

「おう、たっつぁん、いいこと教えてやろうか」

「何だい、いいことって？」

「〝うるかす〟って標準語じゃないって知ってたか？あれは北海道方言なんだそうだ」

「嘘っ、みんな〝うるかす〟で通じるぞ」

「たっつぁんの奥方は留萌《るもい》の人間だろう。上司が札幌だっけ、懐刀《ふところがたな》が……」

「小樽出身だ……あぁ、北海道ばかりだな。そうかあ、〝うるかす〟は方言か。帰ったら教えてやろ。で、標準語では何て言うんだ？」

「標準語だと〝水にひたす〟だろうな」

「へぇ。てつさん、もの識《し》りなんだな」

「船乗りだからな。北海道以外で大豆をうるかしてくれるところがないんだ、いやおうなくわかるさ」

弁当を食べ終え、柄違いの湯飲みで酒を酌《く》みかわすうち、北島は尋ねようかどうか迷っていた話題に触れた。

「で、おれに何の用だ？　人もあろうに逓信《ていしん》省の高官が？」

北島哲郎が海軍兵学校に進んだように、小森辰男は高等師範に進み、そこから東京帝大へ進学し、逓信省の役人となった。貧乏な小森家ではそこまでの学資は出せなかったが、地元の網元が神童のほまれ高い小森の学資を出してくれたのだ。村で高等師範に進学したのは、小森がはじめてだった。そして彼の妻もその網元が世話してくれたはずだった。

ともかくそんな経緯《けいい》で逓信省に入省。いまは船舶関係の課長か何かをしているはずだった。もっとも、こうして北島が小森と会うのは数年ぶり。ちなみに別れた妻子には離婚以来会っていない。

「実はな、ちょっとてつさんの手を借りたいことがある」

「借りたいって？　たっつぁんがか、それとも逓信省がか？」

小森の性格は北島も十分知っている。個人的相談で、こんなまわりくどいことをする男ではない。ならば、個人的な話ではないはずだ。

「さすがだな。まあ、〝誰の〟というと、ちょっと複雑だ」

「船に関係があるのか？」

「おおいにね」

「なら海軍関係？」

「そこがなあ……海軍関係であるべきはずなんだが、海軍はあんまり関心がない。そのへんに問題があって……」

「よし、引き受けよう」

「引き受けてくれるか！　しかし、どんな中身か聞かなくていいのか？」

「海軍に関係ないなら、おれはだいじょうぶだ。まあ、話だけは聞こうか」

「なら聞いてくれ、こういうことなんだ」

4

昭和一五年秋。日本では、日米開戦が必ずしも「仮定の話」として語られなくなろうとしていた。すでに昭和一四年七月二六日には、日米通商航海条約破棄が通告され、日米間の関係悪化は誰の目にも明らかだった。そして日米関係はぎくしゃくしたまま、一年後の昭和一五年七月二六日。大本営政府連絡会議は世界情勢の推移にともなう時局処理要綱をまとめるが、それは選択肢としての「武力による南進政策」を決定したものであった。

このようなときに、都内某所で数人の人間が集まっていた。メンバーは雑多。内閣、内務省、外務省、海軍軍令部、海軍省、陸軍参謀本部、逓信省、企画院などのいずれも高官ばかりである。ただし部長、局長クラスではなく多くは課長クラスであった。各省庁や陸海軍中央のトップなど飾りにすぎない。ものごとを決めるのは、常に課長である。むろん、それより上の人間には、はんこを捺《お》すという大事な仕事が残っているが。

彼ら課長クラスの実力者たちは、高い可能性として起こるであろう日米開戦について、陸海軍とは違った視点で考えていた。戦争の勝敗ではなく、起きてしまった場合の日本社会への影響だ。メンバーの多くが軍人ではない以上、議論の中心がそうなるのは避けられない。むしろこの場に陸海軍関係者が同席しているのは、軍事的な問題について専門家的な意見を求めるためだった。

具体的な問題は、武力による資源地帯確保と戦争経済。およびそれが社会に与える影響だった。なるほど、彼らは国民に「戦時なんだから、窮乏《きゅうぼう》生活も勝利の日までがまんしろ」などと宣伝はしている。しかし、そんな宣伝でことがおさまると信じるほど甘くはなかった。

たとえば内務省の視点で見れば、戦争経済が必要以上に国民生活を圧迫するということは、革命的な思想が拡大する基盤ができるということでもある。戦争に勝っても、日本の国体が転覆したのでは戦争の意味そのものが失われる。

ほかにも、各省庁の立場でいろいろな解釈があった。しかし、いずれの想定でも鍵となるのは戦時経済の問題である。戦争の目的そのものが、背景に資源確保という問題がある以上、戦争といえどもこれは当然の帰結であった。

そして戦時経済という視点から、南方の資源地帯からいかに安全確実に資源を輸送するかという問題があった。

当初、この問題の専門家は日本海軍と思われた。だが、事実は常に現場の声を聞かねばわからない。海軍は南方占領のための計画なら、青写真はすでにできていた。海軍の計画では、石油や資源については「南方の資源地帯が占領可能」という結論が出ていた。だが肝心の、その資源地帯から日本まで輸送船の安全をどうやって保証するかという議論に関しては、軍令部は冷淡というよりも、まったく関心を示していなかった。

軍令部の大井中佐らはこのことを真剣に憂《うれ》えていたが、それはやはり少数派にすぎなかった。何しろその創設目的が、海外へ拡大するための海軍力ではなく、列強のアジア進出に対していかにして独立を維持するかにあるのが日本海軍。アメリカ海軍とどう闘うかは日夜研究されていたが、船団護衛とか通商路の確保という観点はほとんどない。それらが切実な課題として認識されるようになったのは、日本の歴史の中では「ついこないだ」のことなのだ。軍令部にこの方面への関心がないのはある意味当然であったろう。

しかし、国内経済を担当する商工省や海運を預かる逓信省にとって、それは「関心がない」ではすまされない問題だった。戦時経済に関して、直接の責任を負うのは彼らだからである。

鍵は日本の船舶量にある。しかし、戦争となれば、半分は陸海軍の作戦にとられてしまうだろう。このへん、官僚たちはリアリストであり、幻想など抱かなかった。海軍国としてはとるに足らないドイツが、世界屈指の海軍国であるイギリスを大西洋であれほど苦しめているのである。

対して、この太平洋で日本が相手をするのはドイツ海軍など足下にも及ばない、アメリカ海軍だ。本格的な通商破壊戦になれば、何が起こるかわからない。軍令部はアメリカの潜水艦など恐るるに足らぬと——大井中佐など一部をのぞけば——言うのだが、官僚的ねちっこさでその根拠を尋ねても、納得できる返事は得られなかった。

「どうすれば、戦時に商船団を守れるのか?」

それは、どうすれば海軍から戦力を出させるかという話でもあった。しかし、それは非常に困難な問題と思われた。対米戦となれば、海軍にも戦力予備はない。それに、艦隊戦を前提にあれこれ作られている日本海軍に、船団護衛に使える適当な艦種がどれほどあるかも問題だった。

さらに海軍にやる気がない中で、この問題を何とかしようとすると、統帥権《とうすい》というきわめてやっかいな問題も浮上する。対潜艦艇は海軍のものだが、戦時経済に必要とはいえ、商工省や逓信省が自分たちの要求に従ってそれらを動かすわけにはいかない。軍令は統帥事項である。それでも平時なら法的逃げ道もないではないが、戦時ではどうにもならない。

だが窮すれば通ず。いろいろと議論を重ねていくうちに、ここで一つの画期的なアイデアが生まれる。

「統帥権は陛下の軍令にかかわる問題であるが、船団が自分たちの身を守るのは正当防衛であって、軍事ではない。ならば、船団を守るための兵力であるならば、それは軍事力ではないから、統帥権にも関係ないだろう」

それはかなり非常識な案に思えたが、検討すればするほど、魅力的なのも確かであった。非武装の船団が身を守るために、正当防衛のための武装をし、それを身を守るために利用する。それは確かに正当防衛以外の何ものでもなく、少なくとも軍令ではない。したがってこの「正当防衛」の枠からはみださなければ、船団はかなり自由な戦力を持てるはずである。

一般常識はどうあれ、その気になれば戦艦だって持てる。戦艦にせよ、船としての適性は逓信省が判断する。逓信省が了解した船を海軍も了承して、受領して、はじめて軍艦となる。だから軍艦になる前なら、戦艦だろうと空母だろうと単なる「大型船」であり、ならば逓信省の縄張りだ。

実は逓信省には第一次世界大戦中のイギリスの海上輸送に関するデータもあり、また今次大戦のデータもまとめられていた。

その結果、船団護衛には航空機の存在が非常に効果的であることが明らかになった。潜水艦といえども、実際には浮上している時間のほうが長い。航空機が前方哨戒《しょうかい》で敵潜水艦を発見し、それを潜航させるだけでも危険は大幅に減少する。潜水中の潜水艦は著《いちじる》しく機動力が低下するからだ。彼我《ひが》の距離が十分に大きければ、潜水艦は船団に接近することさえできないだろう。

さらに航空機に攻撃力があれば、船団の安全性はさらに高まる。潜水艦の耐圧殻《かく》は意外にもろい。当たりどころが悪ければ、機銃弾でも致命傷になる。そしてこの程度の攻撃をさせるだけなら、練習機に毛の生えた程度の機体でも十分だ。海軍の使う第一線の軍用機である必要はない。

ただ船団を常に陸上基地からの航空機が守るというのは、あまりにも負担が大きすぎるというのも一つの事実。それに陸海軍の大型機は、対潜水艦攻撃に用いるにはいささかぜいたくすぎる部分と足りない部分があった。

そうしたことを考えるなら、商船か何かから空母のように小型機を離着陸させたほうが合理的と思われた。それが小型空母であるべきか、水上機母艦であるべきかの結論は出なかったものの、そうした船舶の必要性だけは確認されていた。

「何かよくわからないが、つまりあれか。素人が海軍を作れば、軍隊じゃないから統帥権には抵触しないということか。で、その素人に船団護衛をさせると」

「素人という言葉の解釈にもよるだろう。〝軍人ではない〟という意味であれば、そう、〝素人の海軍〟だな」

「正当防衛だけを根拠に、ひょっとすると空母まで持とうというのだろう。強引な法解釈にもほどがあるな。だいたい身分はどうなる？　おれみたいに予備役でも海軍将校なら、何かあっても保証がある。しかしなあ、一般船員じゃ、そんなものないかあっても雀の涙だ。世間が思っているほど船員の待遇なんかよくはない。どうせ軍属なんだろ」

「まあ、身分については検討中だ。逓信省や商工省との間の了解事項もあるし、いろいろと解決しなければならないことも多い。どうして船員だけ特別扱いするのかという意見もあるからな」

「能力があるから特別扱いする。それじゃ駄目なのか？」

「てつさん、そんな道理が海軍で通用したか？」

「……してねえか。先に特別扱いして、それから能力があることにするって順番だったからな。大角《おおすみ》人事みたい例もある。何もしない奴のほうが、何かする奴より出世が早い……。なるほど、そういうことなら、やっかいか」

北島はふと、自分が宇垣部長を殴ったときのことを思いだす。北島はもともと航海科の人間で、そのキャリアの多くを駆逐艦で築いてきた。水雷戦隊でどのような襲撃方法が効果的かなどを研究してきた。

そうした中で北島は、日本海軍の駆逐艦が、意外に汎用《はんよう》性能を持っていないことに気がついた。水雷戦隊の先鋒《せんぽう》として敵主力艦に魚雷を叩きこむ船としては、世界でもトップクラスだろう。しかし、射撃盤や主砲の問題から対空戦闘能力はかなり低い。対潜水艦能力も、「高いはずだ」とはいわれていたが、実のところ十分に研究されているとはいいがたい。それは連合艦隊司令部や軍令部にただの一人も潜水艦の専門家がいないことからもわかる。

これもあって北島は、台湾と日本との航路帯の船団護衛をどうすべきかという研究を進めていた。それは海軍大学校で学んでいたときのことである。そうして研究発表のとき、北島は当然のことながら船団護衛の研究について発表した。

課題内容を発表した時点で、周囲にはしらけた空気が漂っていた。ほかの人間が「機動部隊による敵艦隊の攻撃」とか何とかいっている中で、どうやって商船を守るかという話である。北島はこの時点で自分は場違いなことを言っているらしいと悟《さと》ったが、いまさら中断もできない。

問題は、彼の話が日本海軍の駆逐艦の汎用性の欠如に及んだときだった。

「よし、もうわかった。次の講演者」

宇垣教官はそう言って北島の発表を中断させた。そこからの記憶ははっきりしないが、「商船の護衛など女子供の仕事」というような言葉を耳にしたような記憶もある。ともかく気がついたとき、彼は宇垣を殴っていた。

そんな昔のことを思いだせば、小森が自分を訪ねてくる理由も見えてくる。ただ戦時経済の鍵を握るのが貿易であり、海上輸送路であることは納得できるにせよ、具体的にそれをどう形にするかという点には非常に疑問が残る。

まず水上機母艦だの空母だのといっているが、どうやってそれを調達するか？　まさか海軍工廠《こうしょう》とはいかないだろう。予算の問題だってある。まあ、船は何とか調達できたとして、より重大な問題が残っている。

なるほど、水上機母艦なり航空母艦があれば便利ではあろうが、海軍がそれを運用できないという前提ですべてが始まっている以上、どう考えても素人でそれらを扱うことになる。日本海軍が今日《こんにち》までの空母運用を身につけるまでのあれこれを考えるなら、素人に空母を動かすなど不可能だ。北島はその疑問を率直に小森にぶつけた。

「そう、てつさんの言うように、問題は二つある。箱物と中身だ。

まず簡単なほうから説明しよう。まず我々が必要としている船舶は、軍用ではない。敵の潜水艦や飛行機を追っぱらえればそれで十分だ。航続距離も軍用とは違う。だから基本的に商船改造で対処する。海軍にだってあるだろう、空母に改造できる商船が」

「ああ、あるが……」

「有事に軍艦に改造できる商船。それは海軍だけの仕事じゃない、ちゃんと逓信省も噛んでいる。どうやって空母に改造するかの図面は海軍にあるが、商船としての図面は我々も管理している。大きな声ではいえないが、日本にある優秀商船のうちの何隻かは、海軍は知らないが、それらの図面を参考に建造されているんだ」

「海軍の図面でだと!? そんなことが……でも、そんなものを建造すればすぐにばれるだろう。図面が同じなら」

「だから、〝図面を参考に〟だよ。改造空母の肝《きも》となる部分は限られている。その部分《きも》さえ押さえていれば、外見はいかようにも変えられるさ。言っとくが、我々の逓信省にもすぐれた造船技術者は何人もいるんだからな。それにだ、海軍の造船官は誰一人として認めたがらないが、船舶行政の立場から言わせてもらえば、日本の造船技術は海軍工廠ではなく、民間の造船所がリードしている。民間の技術が高くなければ、海軍工廠で軍艦は建造できない。軍艦一隻建造するのにも何百という民間会社がかかわっているんだからな。

　なるほど、日本の軍艦は高い技術で建造されているかもしれん。しかし、それは軍艦の技術であって、日本の大多数をしめる一般商船に役立つ技術とは違う。てつさんの海上トラック、三清丸だっけか、あれの建造に軍艦の技術がどれだけ役立ってる? 我が国の漁船は世界でもかなり優秀なものだが、それと軍艦の建造は関係がないだろ。漁船は漁船として、漁船を建造する技師たちの技術がすぐれているんだ。本邦の民間造船技術を馬鹿にしちゃいけないよ」

「まあ、そう言われればそうかな。しかしなあ、改造すれば空母になるような優秀商船を逓信省が海軍に隠れて建造して、何かいいことがあるのか? だいたい、何の意味があるんだ?」

「いろいろとな。まあ、それは箱物の中身とかかわってくる。てつさん、秋津丸って知ってるかい?」

「秋津丸? 何だ、そりゃ?」

「知らないか、そうだろうな。秘密兵器だからな、陸軍の」

「陸軍の秘密兵器……が船なのか? あれかい、船に見えるが実は戦車とか。こう、大陸の大河を遡江《そこう》して、で、巨大な車輪か何かが現れて、こう敵の陣地を踏みつぶしながら戦車みたいに暴れまわる……」

「てつさんとはつきあいが長いと思っていたが……こんなに想像力が豊かな人だとは知らなかったよ。探偵小説でも書いてみたら？」

「小説を書かせに、たっつぁんは来たわけじゃあるまい。それに陸軍の秘密兵器の船といえば、ふつうはこう考えるだろう。水陸両用戦車なんてアホなものは陸軍くらいしか作ろうとは思うまい」

「ふつうはそういうふうには考えないと思うが……。まあ、その秋津丸だが、ひと言でいえば陸軍の空母だ」

「陸軍が空母ねえ、どうして陸軍はそんなわけのわからないものを作るかねえ」

「てつさん、知らないかもしれないからいちおう、言っておくが、海軍も戦車を自前で開発しているそうだ。水陸両用戦車だそうだ。船型で車輪もついている」

「何だかなあ……海軍もおれがいなくなったとたんに、もうこの体《てい》たらくだ」

「いや、ふつうはそういう解釈にはならんと思うが……。何の話だ、そうそう秋津丸。まあ、細かいことをはしょるとだ、陸軍も経験もなしに空母みたいな船を建造することには多少、反省したらしい。もともと陸軍は、上陸作戦支援用の空母が欲しかったのであって、空母を開発したかったわけじゃない。で、商船改造で適当な空母の図面があるということで、その図面に従って優秀商船を建造させたんだよ。もちろん陸軍の必要な性能に合わせて、図面に修正は加えてはいるがね。そういう事情で海軍の知らない、空母に改造可能な優秀商船は我が国に何隻かある。戦時には陸軍に割りあてられることになる優秀商船だ」

「さっきの、船団護衛の話……。それって、その陸軍の……」

「さすがてつさん、察しがいいね。そのとおり、陸軍の空母を使わせてもらう。で、さっきの入れものの話だ。

我々は軍隊を作ろうとしているわけじゃない。自分で自分の身を守る船団を作ると考えてくれ。それも正確ではないが、まあ、わかりやすいから。素人の軍人と考えるから、人材が問題となる。素人なんだ、軍人じゃないんだと考えるなら、軍人としての教育なんか省略できる。いや、なまじ軍人として教育してしまうとだね、身分の問題があってな、いろいろとややこしいことになるんだよ。何せ下士官から上は陛下の官吏《かんり》という身分になるからね。法律から変えなきゃならん。

で、そう考えると、必要なのは二種類の人間だ。まず船を動かせる人間。これは船員がいるから問題ない。もう一つは飛行機を運用できる人間。こいつばかりはどうにもならん。だから専門教育が必要だ。それを陸軍にやってもらう」

「やってもらうってなあ……海軍航空隊でも空母への離発着ができるというのは、もっとも腕のいい連中だぞ」

「逆にいえば、腕さえよければ問題は解決するわけだ。てつさん、逓信省を甘く見てもらっては困る。腕のいい航空機搭乗員は民間にもいるんだ。飛行学校だってあるんだからな。少なくとも、ゼロから養成する必要はない。ついでにいえば、腕のいい搭乗員で、しかも予備役とか退役した海軍軍人も世の中探《さが》せばけっこういるもんなんだ。日本には軍人ではないが、軍人の能力を持つ人間はいるんだよ――将校・将校相当官などは現役ではなくても終身官という微妙な立場の人も含めてだが」

「なるほど。要するに、声をかけているのはおれだけではないわけだ」

「てつさんが最初さ。むろん〝最後〟じゃない。ついでにいえば、上官と喧嘩した将校なんてのも、てつさんが最初じゃなければ最後でもない」

「でも、宇垣軍令部第一部長を殴るようなのはおれだけだろ」

「〝最初に〟殴ったのはな」

「最初ってどういうことだ、おれ以外にも誰か？」

「私の口からは何とも。これでも逓信省の官吏だからな。よそ様のことに口をはさむつもりはない。ただ宇垣部長の性格をよーく考えれば、そのへんのことは察しがつくだろう」

「つきました、なるほどわかりました」

「まあ、宇垣はともかく、陸軍との関係はいろいろ事情があるんだよ」

小森の言う陸軍との関係とは、おおむね次のようなものだった。

大本営での南方侵攻に関する第一次作戦立案の過程で、陸軍は海軍の兵員輸送に対して不満を抱いていた。どうも、陸軍部隊を安全に南方に派遣することにあまり興味がないような印象を受けていたらしい。海軍の視線は輸送よりも海戦にあるというわけだ。また輸送作戦が結局は海軍の都合に振りまわされるのも、陸軍としては面白くない。

そこで陸軍としては、海軍に恩を売られることのないかたちで、輸送船団の安全をはかる方策を考えていた。先の秋津丸などもそうした構想の一つであるが、万全を期すためにはやはり艦隊規模の「何か」が必要だった。そうした陸軍の構想と逓信省、商工省の戦時経済に関する思惑は一致していた。日本から陸軍の兵員を戦地に輸送し、帰路には戦地から資源を輸送する。このモデルを完成することは、官軍の間で利害の一致を見たのであった。

よく考えると、海軍がシーレーンの防衛にもっと積極的なら、わざわざこんな構想を具体化する必要はない。しかし、現実に海軍はこの方面にはひどく冷淡であり、陸軍や逓信省などとしては海軍の方針転換を待っているわけにはいかなかった。特に軍令とか統帥権とかを持ちだされてしまうと、官の側ではどうにもならない。そんなめんどうなことをするくらいなら、自前で戦力を用意したほうがてっとり早い。

「まあ、だいたいの状況はわかった。それでその船団を護衛する空母部隊……」

「空母に限らん。ほかにも艦艇はそろえるつもりだ。まあ、逓信省の力を見ててくれ」

「なら、その護衛部隊か、そいつでおれは何をすればいいんだ？　駆逐艦か何かの艦長か？　あるんだろ、駆逐艦も」

「まあな。だが、てつさんには駆逐艦の艦長をお願いするつもりはない。その程度のことで、この小森辰男、わざわざ帝都から新潟くんだりまで出てくるものか」

「ていうか、たっつぁん、あんた北海道くんだりから上京したのと違うか？」

「まあ、そんなのは過去のことだ。我々はいま、未来の話をしてるんだ、わかるかい」

「わかるけどよ、それは。で、何をする？」

「おれは軍人ではないので、正確な呼称はわからん。艦艇司令長官か、師団長か、船団指揮官か、まあ、そのへんはおいおい考えよう。ともかく、あんたに頼みたいのは一つだ。この部隊の最高指揮官になってくれ」

第二章 人材

1

『求人
船舶若《も》しくは航空機の扱いに経験のある、若しくは相当する能力を有する方、多数。

機械整備、無線通信について経験のある、若しくは相当する能力を有する方、若干名。

健康な日本人男子。年齢学歴、既婚未婚を問わず。高給優遇。衣食住保証。定期昇給あり。実力いかんでは幹部登用の用意あり。本社実費負担のうえでの海外渡航もあり。研修費用も当社負担。

当社は新興会社ですが、陸海軍および逓信省、商工省なども取引があります。連絡は下記住所まで。

貿易の安全にかかわる有意義かつ短時間の研修で誰にでもできる簡単な仕事です。仕事仲間と同じ釜の飯を食べる家族的雰囲気の職場です。あなたも当社で海外にはばたいてみませんか！

昭和通商神戸支店　担当北島』

2

北島の呼称は、暫定的《ざんてい》に「司令官」と決まった。最初は船団司令官という候補もあったのだが、船団がないほうが、あとあと部隊の動かしかたが自由にできるだろうということで「船団」の二文字は省略された。つまり、必ずしも船団護衛だけを彼らはするわけではないという含みを持たされたわけである。

もっとも、本格的に司令官と呼ばれるためには、まず司令官と呼んでくれる人間たちを集めなければならなかった。このための人材は神戸で集められることとなった。一部の海軍関係者に話は通っているとはいえ、海軍省や軍令部のある東京でこんな活動はできない。港がある大都市で、造船業にも強く、東京ともそれなりに「近からず遠からず」という条件を満たしたのが神戸だった。

「昭和通商神戸支店」――それが北島の当面の活動拠点だった。ここでは司令官ではなく、「支店長」と呼ばれる。驚いたのは、昭和通商という看板は、看板倒れではなく、実体があったことだ。ただ、ふつうの商社とも貿易会社とも違う。

小森がこっそり教えてくれたところによると、この会社、陸軍がバックについている商社なのだという。陸軍が現地工作や必要な物資を手に入れるためのダミー会社がここらしい。ほかにも武器の密売とか人にはいえない商売もしているそうなのだが、さすがに小森もその内容までは教えてくれなかった。

昭和通商神戸支店は、さる銀行が入っているビルの中にある。ちょっと見には昭和通商神戸支店とその銀行とは深い関係があるように見えるが、実際は別会社だ。ただ「実際は別会社」とはいうものの、この銀行、昭和通商そのものとはいろいろと関係があるようだ。第三国の通過を円に換金したり、その逆をするなど、昭和通商が行う「貿易」の決済はこの銀行が担当らしい。だからこそ神戸支店の看板が掲《かか》げられたわけである。

もっとも、支店といっても二部屋しかない小さなものだ。電話も一本しかなかったが、当面それで問題はない。ここに電話をかけてくる人間など、日本に数人しかいないのだ。

新聞への広告出広手配は、内務省方面の人間によって行われた。戦争経済の問題にどうして内務省がかかわるのか北島には不思議だったが、小森によれば戦争経済の悪化は革命の温床《おんしょう》となる。内務省が関係するのは、革命の阻止《そし》という意味があるそうだ。

とはいえ、昭和通商神戸支店の広告を主要な新聞各社で目にしたとき北島は、内務省の力とともに、その「嘘ではないが真実ともいいがたい」告知内容に複雑な気持ちになった。最小条件はごちゃごちゃ書いてあるが、要するに「使える人間なら誰でもいい」ということだ。何せ急いで戦力化しなければならない。こちらとしても、ぜいたくな要求を出せる立場ではない。

待遇面もそうだ。高給優遇といっても、額が提示されているわけではない。給与の高い低いなど主観的なものだ。「衣食住保証」にしても、船に乗ればいやおうなくそうなる。「幹部登用の用意」があるというのも、北島が司令官という以外に何も決まっていないに等しい部隊であれば、応募者から幹部を選ばねばならないのは必然だ。

「海外渡航」にしても、南方の資源地帯を占領し、そこからの資源を運ぶというのは、海外渡航以外の何ものでもない。研修はこちら持ちなのも、実質的な訓練は陸軍が担当するからだ。いずれも受けとる側がどう解釈しようが、嘘ではない。

もっとも、北島も「誰にでもできる簡単な仕事です」にはやはり首をひねらざるをえなかった。だいたい、「訓練が必要」なのに「誰にでもできる」というのは、矛盾《むじゅん》だろう。しかし、こういうのが宣伝というものなのかもしれない。

さすがに立ちあげからしばらくは、小森も手伝ってはくれた。もっとも彼も多忙であり、彼らが最初に行ったのは、副官となるべき人物の面接だった。候補者は何人かいた。小森の言葉に嘘はなく、候補者は北島以外にも探《さが》していたらしい。ただ北島ほどに、くわしい事情は彼らには説明されていない。

候補者はほとんどが元海軍将校だった。軍縮時代に予備役になったような人たちだろう。履歴を見ると、けっこう職を転々としている人物もいる。軍人をやめて民間で生活するのは、口でいうほど簡単ではないということだろう。

小森が最初に呼んだのも、そんな元海軍将校の一人だった。名前は川島正男。兵科将校ではなく機関科だ。海軍機関学校を優秀な成績で卒業し、海軍機関大尉にまでなりながら、どういうわけか待命ということになり、予備役編入となっている。時期を考えると、軍縮とも関係はないようだった。

「銭湯で罐焚《かまた》きを？」

北島のぶしつけな質問にも、川島は真正面から返答する。北島も体は大きいほうだが、川島のように身長六尺を超えるようなごつい男に見すえられると、こちらが採点されるような気になってくる。

「自分の技能を生かせる職場はそれくらいしか思いつきませんでしたから」

本気なのかどうなのか、川島はそう答える。

「君の成績なら、工場かどこか雇ってくれるところには事欠かないと思うがね」

「まあ、工場からの誘いもいくつかありました」

川島が名前をあげた工場は、海軍にも機械類を納入しているような大手であった。どう考えても給与は銭湯の罐焚きより高いはずだ。

「それでも銭湯を？」

「はい」

「また、どうして？　何か銭湯でなければならない理由でも？」

「工場には女湯はありません」

北島は思わず吹きだしそうになった。何となく、こいつなら使えるという予感がした。そして、川島は北島のハートをわしづかみにする言葉を続ける。

「それに海軍関係の工場にはちょっと……」

「海軍時代に何か問題でも起こしたのかね？」

「あのぉ、そういう昔のことも採用不採用にかかわるんですか？」

「いや、我々はまず能力を重視する。しかし、応募者についてできるだけのことは知りたいからね」

「そうですか。実は兵科将校で機関科を馬鹿にした奴がいたんで、つい殴ってしまいまして……」

北島には「予感」があった。

「誰、殴ったのは?」

「商社の方がご存じかどうかわかりませんが、いま軍令部第一部長をしている宇垣……」

「君、採用!」

こうして北島哲郎は最初の信頼できる部下を得た。そう、二人はともに「宇垣仲間」だ。

3

宇垣仲間であることを差し引いても、川島は有能な男だった。そして機関科将校にもかかわらず、兵科将校の北島の副官として即決採用されたことは、北島に対するかなり強い信頼感を彼に植えつけたらしい。通常の海軍における軍令承行順でいけば、機関科将校に指揮権が降りてくるのは、新任少尉を含めて艦に兵科将校が一人もいなくなってからだ。

この軍令承行については本家の海軍でも問題とはなっていたが、いまだ十分な解決を見ていなかった。しかし、北島はもともと兵科・機関科にこだわりはなかったし、こだわっていては人は集まらない。それは川島もわかっていたはずだが、それでも「気持ちはまた別」だ。

海軍将校や将校相当官だった人間がある程度集まりだすと、小森がいなくても募集業務は動きだしはじめた。幹部を海軍経験者にしたのは、彼らに教育係としての役割も期待してのことだった。船は船員でも動くだろうが、戦闘時にどうするというのは軍人でなければわからないことだ。それに将校や将校相当官とは、平時の海軍組織の中では管理職でもある。それは、北島がこの部隊を編成するうえでもっとも必要な人材だった。

もっとも、面接に訪れたのは海軍将校や将校相当官の経験者ばかりではない。というより絶対数ではそうした人間は少数派だった。兵役期間に水兵だったという人間は意外に多く、また元船乗りも少なくない。反対に飛行機の操縦経験のある人間はあまり多くなかった。これは、航空と飛行機の日本における歴史の浅さもあるだろう。

さらに新聞広告の「相当する能力を有する」の部分を誤解したのか、妙な人間も面接に訪れていた。

「弊社《へいしゃ》の求人に応募した理由は？」

「海外で働ける、とうかがったもので」

「海外で働くことに興味があるのですね？」

「いえ、国内で活動するのはいろいろとさしさわりがございまして……」

国内にいると逮捕されるような思想の持ち主が、面接を受けにくることも多かった。北島としては、仕事さえできるならそいつの思想などどうでもよかった。けっこう、切羽詰まっていたのである。

意外なことに、計画に噛んでいる内務省関係者はこうした北島の人事に理解を示していた。正確にいえば理解とも違う。ただ彼らとしては、日本国内の不穏思想の持ち主が減ることによる治安上のメリットと、そうした人間を部隊の中で監視できる点を評価していたらしい。うまくゆけば、そういう思想犯やシンパの組織を一網打尽にできるかもしれない。

もっとも北島としては、そこまで内務省に協力するつもりはなかった。そいつが使える人間だった場合、組織規模で検挙されてしまえば、仕事におおいにさしつかえるからだ。北島の仕事に支障が出れば、それは戦時経済にも支障が出ることになる。内務省にとっては、そちらのほうが面白くあるまい。

ある程度の規模まで人材が集まった段階で、小森は一人の人間を送りこんできた。待遇は北島に一任するが、役に立つはずだということだった。

「仙道博士《はかせ》？」

「いえ、博士と書いて博士《ひろし》と読んでください」

「職業は？」

「帝大の教授です。数学の工学的応用を研究するような」

「仙道博士教授ですか。博士号は？」

「博士号もなしに帝大の教授にはなれませんよ」

「博士号を持った仙道博士教授ですか」

北島は小森の紹介ではあったが、仙道教授を自分たちの仲間に入れるのには抵抗があった。自分たちがやろうとしていることは戦争なのであって、学者の出る幕はない。それと同時に、北島はさすがに学者という人種にはあまり接点がなかった。どう接すればいいのかいまひとつわからないというのが、彼が仙道を敬遠したい一番の理由である。しかし、それも仙道の経歴を聞いて一変した。

「こういっては何ですが、帝大の教授といえば高等官一等にもなろうかという身分じゃないですか。陸海軍の大佐ですら高等官三等なんですよ。それをわざわざ捨てて船に乗ろうなんていうのは、どうにも理解できないのですがね」

「お恥ずかしい話ですが、ちょっと大学のほうで問題を起こしてしまいまして……いられないような状況でして……まあ、大学にも学閥というのがございまして、その……まあ、なかなかその、せまい世界ではいろいろとありまして……ならまあ、いっそ海外にと」

「さしさわりがなければ、その〝大学での問題〟というのを教えていただけませんか」

「いや、面目ない話で。あるときですね、海軍の高官が大学にやってきたのですが、何か機嫌でも悪かったのか、数学のような社会の役に立たない学問をするのは曲学阿世《きょくがくあせい》の輩《やから》とかいうものですから、つい殴ってしまいまして……これがまあ、問題になりまして、学長とも以前から折りあいが悪く……」

「その海軍の高官の名前は?」
「海軍のことはあまりくわしくないのですが、確か軍令部の宇垣……」
「仙道さん、採用します。明日からいらしてくださ い」
こうして宇垣仲間は三人になった。

4

日華事変以降、マクロ経済ではどうなのかはともかく、世間的には景気は上向いていた。軍隊の動員で物は動く、工場も動く、そうすれば金はまわる。金のまわりかたは決して平等ではなかったが、ともかく「まわって」いた。

それでも求人に応募する人間は意外に多かった。多くは、海外渡航ができるという点に惹《ひ》かれてのことらしい。内航船の船員などが、海外航路の経験を積もうとやってきているようだった。

あとは金めあての人間も多い。もっとも、それはべつにめずらしくはない。昭和のこの時期、日本人のサラリーマンや工員などの定着率は低かった。より待遇のいい職場を求め、転々と職場を移動する人間はざらにいた。特に熟練工などは、軍需産業の生産が増えると引く手あまたとなり、それらに対する賃金は過熱気味だった。だから「高級優遇」で、海外にも行けるという昭和通商神戸支店の求人には引きあいが多かったのも道理である。

おかげで、改造空母を動かせる人間はそろいはじめていた。経歴によっては、陸軍部隊での高射砲の射撃訓練にまわされるような奴もいる。文句を言いそうな奴は最初から振りわけてある。人材の調達は順調であるかに見えた。

しかし、大きな問題が残っていた。飛行機だ。空母は「飛行機があってなんぼ」の船だ。まず飛行機は、当初の計画では陸軍航空本部の「指揮連絡機」を使うということになっていた。離着陸距離が短く、操縦も、航空兵科の人間でなくても短期間の訓練で可能だというふれこみの機体だ。なるほど、それなら商船改造空母には打ってつけと思われた。

が、いざ蓋《ふた》をあけてみると、この「指揮連絡機」なるものは現在開発中であり、制式化さえなされていない。制式化されたとしても、まず陸軍部隊にまわされて、彼らのところにやってくるのはいつになるのかわからない状況だった。

そうであれば代替《だいたい》機が必要だ。さいわいにも空母の図面は海軍のそれと同じであり、海軍の空母艦載機も運用可能であるはずだ。目的が対潜哨戒《しょうかい》なら、旧式の軍用機でもいけるはず。だが海軍はいうまでもなく、陸軍でさえも現有の飛行機を出すことには冷淡だった。練習機さえ出してもらえないのが実情だ。北島は逓信省や商工省に頼んで、ひそかに外国から購入することさえ考えていた。

もう一つの問題は、搭乗員が集まらないことだった。日本で飛行機を操縦できる人間の多くは、やはり陸海軍の軍人であり、民間で遊んでいるような人間は思ったよりも少ない。もちろんゼロではなく、何人かは搭乗員もいた。しかし、指揮官をまかせられるような将校となると誰もいない。日本の航空機の歴史を考えるなら、航空隊を指揮できるような陸海軍将校は、いまもって現役だろう。

立ってる者は親でも使え――北島はいま、この人材不足の中で、その言葉を実感していた。だがこの言葉を実践することになろうとは、思ってもいなかった。

「どうだ哲郎、おれを雇わんか?」

「父さん! あんた生きてたのか!?」

その男の名は、北島正則。第一次世界大戦中、地中海に遠征した第二艦隊に属し、記録には載らなかったが日本海軍ではじめて航空機で実戦に参加した男。嘘か本当か、赤い男爵こと、かのリヒトホーフェンと五分で渡りあった——主催者側発表——とさえいわれていた。

どうも彼は、第二艦隊が地中海に姿を現す以前から、ヨーロッパはフランスにいたらしい。そこでの活動は秘密だ。そんな彼は北島の父親でもあった。北島の父親に関する記憶はさだかでない。ただ、変な客ばかりがやってきたことだけは覚えている。日露戦争のときにヨーロッパで何やらやっていた明石とかいう軍人には、やたらと兄貴呼ばわりされていたし、どことなく危険な雰囲気を持った北なにがしという男からは、先生と呼ばれていた。そんな父親だから、あまりいっしょに暮らしたという印象はない。ただ仕事への取り組みなど、ふと父親の語った言葉が思いだされることが最近多くなったと息子は思っていた。そんな二人が再会するのは数年ぶりだった。

「生きていたのかとはご挨拶《あいさつ》だな。ちゃんと足は二本ある」

「足はあるって……あんた、昭和一二年にニューヨークで、ヒンデンブルク号の事故で死んだんじゃなかったのか!?」

「まあ、現場にはいたがな」

北島（父）はそう言うと、たばこをとりだしライターで火をつける。

「おい、ここは面接会場だ。禁煙だぞ」

「禁煙だと、ドイツの飛行船みたいな言いようだな」

「ドイツの飛行船みたいって……あんた、ヒンデンブルク号で喫煙していたのか」

「馬鹿いえ、飛行中はおれだって禁煙くらいする。まあ、繋留用のロープが地面についたら、飛行終了ってことだがな」

横にいた仙道教授が指摘する。

「あのヒンデンブルク号って、地上にロープが触れて、それから爆発したんですよね、確か」

「そうなんですか、教授」

「そのとおりだ」

と北島（父）。

面接会場は、しばし、非常に気まずい空気が支配する。

「まあ、息子にさえ居場所を教えられないおれの事情もわかるだろ。ドイツ人というのは執念深くてな。ドイツと日本が同盟国になったんで、やっと安心して帰国できたわけだ」

「わかりたくねえや、そんな話」

「それで北島さん、どのような仕事をお望みですか？」

と川島。

「航空隊の指揮官で雇わないか？」

5

北島親子と川島は、北島正則の運転する自動車で移動していた。北島哲郎は自動車のことはくわしくなかったが、それでもロールスロイスくらい知っている。それは正則が乗ってきた自動車らしいが、最初は誰もロールスロイスだとはわからなかった。デザインから「外車」だとは何となくわかったが、T型フォードではなく、そのわりに武骨なシャーシの自動車だった。装甲をはぎとった装甲車とでもいえばいいだろうか。

しかも、その自動車はそれなりに手入れはされているようだったが、かなり使いこまれていることは、足まわりやら何やらを見れば素人でもわかった。色が黒いのも、塗装というより汚れを目立たせないためであるようだ。

「ロールスロイスですか？」

と川島。

「そうだ、あの名車シルバーゴーストだ」

「シルバーゴーストというのは、銀色の塗装で、そもそもこういう装甲車みたいなシャーシではなかったと思いますが」

「しかたないだろう。装甲車を乗用車にしたんだから。正確にはシルバーゴーストを装甲車にしたものを、イギリス軍から払いさげてもらって乗用車にしたんだ」

「何でこんな車に乗ってるんだ」

息子の質問に、父親は期待していたのとは別の答えを返す。

「シルバーゴーストは丈夫だからな。五〇〇〇マイルを故障らしい故障なしで走破したこともある」

「そんなことを訊《き》いてるんじゃない。どうやって手に入れたかを訊いてるんだ」

「シンガポールで、イギリス人の金持ちからポーカーで巻きあげたんだよ」

父親は平気でそんな矛盾《むじゅん》したことを言う。北島は思いだした。「この男」はそういえば、昔からこうだった。

「まあ、とりあえず乗れ。おれを航空隊の指揮官にしたくなるような場所に連れていってやる」

北島はあまり気乗りしなかったが、「立ってる者は親でも使え」という言葉を思いだし、とりあえずしばらくはつきあうことにした。

「司令官、軍用払いさげって本当かもしれませんよ」

川島が声をひそめてシャーシの目立たない場所を指で示す。そこには弾痕のような穴が五つほど並んでいた。北島が知る限り、それは機関銃の銃撃痕だ。そして彼は気がつく。それは明らかに、このシルバーゴーストが乗用車に、な、っ、て、か、ら、つけられたものであることを。

――何者なんだ、この男は。
北島は父から、自分が特殊な任務についていると
いう話は聞かされていた。子供心にそんなのはでた
らめだと思っていた。もともと家にいることの少な
い人だった。でたらめと思いこんだのも、実は自分
が父親について何も知らないからだと、北島はいま
さらながらに気がついた。
しかし、北島は自分の父親への認識不足が単に彼
の過去を知らないだけではないことを、すぐに思い
知らされた。
「いまから行けば、今日中につくだろう」
そう言って、北島正則はハンドルを握る。そして
ひたすら車は東へ向かう。舗装された道路など少な
い昭和のこの時代。シルバーゴーストは幽霊という
より魔物のごとく、土ぼこりを上げながら東海道を
驀進《ばくしん》する。どうしてゴーグルなんぞをかけて運転す
るのかといぶかっていた後部席の二人は、土煙の中
でその理由を納得した。名古屋を過ぎたあたりで、
二人は土ぼこりでまっ白になっていた。
それでも軍人の経歴は伊達《だて》ではない。二人は弱音
も吐かずに、ついに目的地に到達した。到達したが、
すでに二人ともそこがどこなのかもうどうでもよく
なっていた。とりあえず風呂に入りたい。それが無
理ならせめて頭から水をかけてほしい……。
北島哲郎と川島正男がようやく人心地ついたのは、
頭からホースで水をかけられ、旅の汚れを洗い流し
たときだった。
「ここどこ？」
どうも、雰囲気的に飛行場のたぐいにいるようだ
が。水をかけてくれたのも、整備関係の人間らしい。
「ここは福生《ふっさ》飛行場」
「福生？　福生って？」
「武蔵野だ。立川の西どなり、福生村だ。ああ、海
軍の人間なら、横須賀の北西三〇海里といえばわか

るか」

「わかりたくねえや。いったい、どういう神経してるんだよ！　どうして、神戸から福生まで自動車で移動する気になるんだ!?」

「欧米じゃ、このくらいのドライブはふつうだぞ。おまえ、スタインベックの『怒りの葡萄《ぶどう》』を知ってるか？　あの小説なんざ、主人公である破産したアメリカの農民一家がT型フォードで大陸横断しちまうんだぞ。それから比べりゃ、ロールスロイス様で神戸・福生間なんざぁ、散歩みたいもんだ」

「何で『碇の武道』で農民が主人公なんだ。一家が破産したので海軍に志願したのか？」

「やだねえ、軍人は視野がせまくて。おまえも小説の一つくらい読んだらどうだ」

「小説なんか読んだら頭が悪くなると言ったのは、おれの父親なんだがな」

「君子は豹変《ひょうへん》す、いわんや小人《しょうじん》をやだ。まあ、気にするな。それよりも、わけもなくおまえらをここに連れてきたわけじゃない」

福生飛行場。それは陸軍飛行実験部の置かれている場所だった。海軍の航空技術廠《しょう》と横須賀海軍航空隊を足して二で割ったような組織だと話には聞いている。

驚いたことに北島正則がここに来ることは、基地側にはすでに話が通っていたらしい。佐官級の将校が北島正則に応対していた。何を話しているか知らないが、どう見ても貫禄では父の勝ち。

「よし、こっちだ」

北島正則は、二人を飛行場はずれの格納庫に案内する。飛行場の格納庫であるから、そこに飛行機があったとしても、それだけでは驚くにはあたらない。ただ驚くことがあるとすればただひとつ、それらがすべて外国製であることだった。

「何だこりゃ……」

「何だって、見りゃわかるだろう。飛行機だ」

「飛行機はわかるさ。どうして外国製なんだ、どいつもこいつも」

「おまえ、小説も読まなきゃ新聞も読んでいないのか？」

「新聞くらい読んでるさ」

「ならわかるだろ」

「わからんから訊いてるんだろうが！」

「これは、援蔣《えんしょう》ルートで送られた支援物資を陸軍が占領地で鹵獲《ろかく》したものですか」

と川島。

「そのとおり！　いやあ、あなたのようなしっかりした人間が副官としていてくれて、本当に助かります。ご覧のように駄目な奴ですが、長い目で見て支えてやってください」

「お父様、そんな、お顔を上げてください。私のほうこそ司令官には日頃から……」


「あのな、そういう挨拶はあとにして、この飛行機を見せてどうしようっていうんだ？　陸軍がおれたちにゆずってくれるとでもいうのか、まさかな」

「どうして〝まさか〟なんだ？　ゆずってくれるんだよ。だから、おまえたちを案内してきたんじゃないか」

「えっ、ゆずってくれる……陸軍が……なぜ？」

「調べたいことは全部調べた。あとなあ、この機体は、ここにあるといろいろとやっかいでな」

「どうして？　戦利品だろ？」

「戦時ならな」

北島（父）が語った説明は次のようなものだった。

陸軍は日華事変以降、中国軍が海外から購入した多数の航空機を手に入れることに成功していた。ところがこの日華事変は「事変」であって「戦争」ではない。戦争となると日本にしろ中国にしろ、国際法的に第三国からの戦争資源の輸入がむずかしくなる。

第三国が当事国に武器などを売るというのは非常に制約が多いからだ。

というわけで日中両国は戦争をしながらも、それを戦争と表現することを慎重に避けてきていた。ところがそうなると、戦時国際法が適用できなくなる。戦争ではないから占領地に軍政を布《し》くことも、捕虜をとることも、法的にはむずかしくなるのである。

それは戦利品にもいえる。戦争でもないのに、外国軍が他国の財産を勝手に持っていくというのはこれまたいろいろと問題になるのだ。現実にはこのへんは法律のダークゾーンなのだが、諸外国の航空機の試験をやるだけやったあとでは、陸軍としてもこうしたダークゾーンはさっさと「処分」というか忘れてしまいたかったのである。

「これ、ユンカースのスツーカじゃないですか。蔣介石はこんなものまで？」

「あっ、それは日本陸軍が購入したやつ。陸軍はあんまり急降下爆撃機に愛がないので、それっきりだ。使わないからもらえるそうだ」

川島と北島（父）の前に、北島哲郎は立ちはだかった。

「おい、これはどういうことだ？」

「何が？」

「どうしてあんたは、おれたちが航空隊や航空機を欲しがっていることを知ってるんだ。仮称〝通商機動艦隊〟の存在を知るのは日本でも一部の人間のはずだ」

「だから、おれもその〝一部〟さ。陸海軍以外にも逓信省や商工省にも人脈はあるんだ」

「一部ってどういうことだ？」

「おまえでも孫子の名前くらい知ってるだろう。兵法には正兵がいて奇兵がいる。おれはその奇兵だ」

「奇人だとは思っていたが、奇兵でもあったのか」

「北島さん、その奇兵というのは日露戦争のときの明石元二郎……」

「川島君、それ以上は口にしないでくれたまえ。ただ二人とも、これだけは忘れるな。日本は御一新からこっち、世界の列強に伍する存在となった。それによって、日本は大国になったと思っている人間も多い。確かにある意味では大国かもしれない。しかし、同時にいまだ小国である部分もあるのだ。日本がこの先世界の中で生きていくには、正兵とは別に奇兵の活動が不可欠なのだ。誰かが日本のために世界をめぐり、情報を集めねばならない。それは一人の人間でできることではない。また一代限りで終わってしまってよいものでもない。何より、その存在を知られてはならない。たとえ家族であってもな。でだ、どう、この飛行機？」

北島正則は気分の切りかえが早かった。

「どうって言われてもなぁ……悪い飛行機とは思わないが、雑多すぎないか。どう考えても、空母には載らない機体もあるぞ。まあ、ぜいたくがいえる立場ではないのはわかるが」

息子も父親同様、気分の切りかえが早い。

「あなたのような方がこの日本には何人もいらっしゃるのですか……そうやって祖国のために……」

「あっ、川島君だっけ。その話はもう終わってるよ。人間そうそう過去にばかりこだわってはいかんよ」

結局のところ、三人が選んだ機体は多くなかった。イギリス軍のホーカー・ハリケーン戦闘機が三機とフェアリー・ソードフィッシュ雷撃機が一機、そして陸軍が研究のために輸入したユンカース・スツーカ二機。合計六機。ほかにもいくつか使えそうなのはあったのだが、機種が多すぎるのは訓練面で問題が大きい。本当は二機種までにしたかったのだが、まさか陸軍の格納庫に雷撃機が見つかるとは思わなかったため、これもいただくことにした。陸軍もいまどき複葉の雷撃機など持てあまし気味で、もらうほうも与えるほうもどちらも幸せな取引だった。

どうやら北島（父）は、よくはわからないが、政府筋の何かで動いているらしい。機材を選択してからの陸軍側の動きは滞《とどこお》りなく進む。

とりあえず今日は一泊して、明日は——おとなしく——自動車で神戸に戻ることとなった。

「あんたが陸軍に顔がきくことはわかったし、飛行機が手に入ったことには感謝はしている。しかし、六機じゃ何もできないだろう。航空隊の指揮官になるためには、もっと飛行機がいるぞ」

「もっと飛行機を調達したら、飛行隊の隊長にしてもらえるんだな」

「飛行機一式そろえたら、おれには隊長にしない理由はないな」

自動車に乗ると、二人はそんな会話をかわした。

そして、北島正則は急に自動車の進行方向を変える。

「おい、旅館は……」

「旅館より飛行機だ」

こうなれば、哲郎も川島もあきらめるしかなかった。さすがに定食屋で夕食をとるくらいのことはしてくれたが、それ以外は自動車は止まらない。定食屋では北島正則はどこかに電話しているようだったが、哲郎も川島も、そんなことはもうどうでもよくなっていた。

かなり過酷な使いかたをしているはずなのに、自動車は安定した走りを維持していた。何しろ燃料補給以外に止まらないのだ。どこをどう何時間走ったかもよくわからなくなる頃、自動車はようやく止まる。

「どこだここは？」

「工場だ。今日は自宅じゃなくてここにいるそうだ」

北島正則はここに何度か来たことがあるのか、まったく道に迷うこともなく正門に入ってゆく。守衛にはもちろん呼びとめられたが、何か書類のようなものを見せると、そのまま引きさがった。

「おい、何してる！　早く来い！」

敷地内に入った二人はここがどこなのか、だんだんとわかってきた。ある意味で当然の場所、ある意味で「ありえない」場所だ。当惑する二人を従えながら正則は行く。

「北島だ、知久平《ちくへい》はいるか!?」

6

中島飛行機の工場に乗りこむというだけでもたいがいなものだが、北島正則はいまをときめく中島飛行機の総帥《そうすい》をつかまえ、「知久平」と呼びすてだ。北島（父）はそれでも平気のようだったが、北島（息子）も川島も肝《きも》が冷える思いがした。

「北島さん……生きておったのですか……」

そう言った中島知久平の表情は、控え目にいってても残念そうな顔だった。まあ、その気持ち、わからないでもないと哲郎も思う。

「おれが生きていて残念だって表情だな」

「と、とんでもない。北島さんが生きているのは、この日本にとってもいいことだ。あっ、君たちちょっと席をはずしてくれないかな」

中島がそう言うと、中島飛行機の重役や幹部らしい数人の男たちが、不審そうな表情で部屋を出てゆく。

「おい、おまえたちもだ」

正則に言われるまで、哲郎も川島もそこに同席するつもりでいた。だが、本当に二人だけになりたいらしい。

二人が部屋の外に出ると、すでに重役たちの姿は見えない。工場の敷地のことなんか二人は知らないから、会議室と玄関の間を二人は手持ちぶさたに歩きまわる。

「お父上は何をなさっていたんですか？」

「さあ、昨日までなら別の答えもできたんだが、いまとなっては〝わからん〟としかいえないな」

「昨日までだったら？」

「元海軍将校の放蕩者《ほうとうもの》だな。ヨーロッパで大使館附武官だったのが、地中海に派遣された第二艦隊に合流。まあ、先《さき》の世界大戦のときだ。そこで飛行機の操縦を覚えたらしい。欧州の近代戦、総力戦のすさまじさを目《ま》のあたりにして、本国にいろいろと情報や研究を送っていたという話も聞いたことはある」

「何やら大変ご立派な方に聞こえますが」

それはけっこう失礼な言いかただが、北島哲郎は腹も立たない。実際、自分もそう思っているからだ。

「ここまでならそうだ。欧州大戦が終わっても親父は日本に居つかなかった。海軍は予備役になったんだが、一旗あげると言ってまた欧州に戻った。それから日本と欧州の往復だ。盆と正月しか姿を見なかったな」

「それが実は、国のために働いていたと」

「おいおい、川島。あんまりあの男の話を鵜呑《うの》みにするな。どこまで本当なのかわかったもんじゃない。それに考えてみろ、あいつが語ったことがすべて嘘なら、政府関係の仕事って話も嘘だ。もしもそんな秘密任務についていたのが本当に本当だとしたら、おれたちに本当のことなんか言うわけないだろ。実の息子にさえ生死も知らせなかった男だぞ。どちらが真実にしても、言ってることは鵜呑みにするな」

「そんなもんなんでしょうか」

「そんなもんさ。だいたい……」

会議室のドアがあいた。ドアをあけたのは中島知久平その人だった。

「おい、艦攻と艦戦、一二機ずつでどうだ？」

「昼間のやつと合せれば、それで間にあうとは思うが。空母もそんなに大きなものじゃないからな」

「よし、聞いてのとおりだ。艦戦と艦攻、それぞれ一五機、計三〇機」

「そんなあ、一二機ずつと言ったじゃないですか」

中島はすでに半泣き状態だった。どう考えても、中島飛行機がもうかるような商談ではなさそうだ。

「何言ってやがる、常用一二機ならプラス補用三機ってのは、海軍航空隊の常識だろう。おまえだって長年飛行機売ってりゃ、それくらいの道理はわかるだろうが」

「そりゃ、おっしゃるとおりですが……」

「誰もただでよこせって言っちゃいないだろう。安くしろって言ってるだけじゃないか」

「二割も安くしろって……」

「おれとあんたの関係だ。値引きは二割でがまんしてやってるんだ。そうでなきゃ、半額を要求するところだ」

「そんなご無体な……」


しかし、中島総帥はそれ以上のことは口にせず、黙って一行を見おくった。というより、本当に帰ったのかどうか、自分の目で確かめたのだろう。

自動車は今度こそ宿に向かう。それまでとは打ってかわっておとなしい運転だ。

「〝二割も安く〟っておっしゃってましたが、飛行機三〇機分の費用なんかどこから調達するんですか？　そんな予算までは認められていませんよ。だいたい、決済も何も降りていないのに。本当にどこの金でまかなうんですか？」

「どこからって、少なくとも我々からじゃないのは確かだな」

「おい、それじゃ脅《おど》し奪《と》ったも同然じゃないか」

「そうじゃない。金は出る。ただし、我々の会計からじゃない」

「どういうことです、北島さん」

「簡単だ。戦時経済を維持しなけりゃならない人間は、少なくないってことだ。商工省、逓信省、内務省その他《た》いろいろ。お役所だけじゃない、民間もそう、陸海軍だって他人《ひと》事じゃない。学校で習わなかったか？　一人一人の力は小さくても、その力を合わせれば、大きなことができるって」

「それは共産主義の教科書と違いますか？」

「ソ連の教科書か……かな？　まあいい、ともかく関係者さえ多ければ、頭割りは小さくなるってことだ。あんな泣き顔を見せてはいるが、関係者には知久平だって噛んでるはずだ」

「どうしてです？」

「陸軍のために自社の海軍機が活躍する。中島飛行機にとって悪い話ではあるまい。二割の損失など、新しい契約で簡単にとりもどせる」

「おい、いいか」

「何だ、哲郎」

「さっき、艦戦って言ってたよな。中島飛行機の艦戦というと、九五式か。いまさら複葉機の九五式艦戦をもらっても、あまり使い道はないだろう」

「馬鹿野郎、複葉機なんかもらいにいくか。全金属単葉の新鋭機だ。零式艦上戦闘機だよ」

「何考えてるんだ、零戦は三菱の機体だぞ。そんなもの、中島に談判してどうするんだ!?」

「中島は来年早々、零戦の生産にかかる。三菱だけじゃ生産が追いつかないからな。だからちっとも不思議じゃないわけだ」

「北島さん、どうしてそんなことまで知ってるんですか？」

「知久平から聞いたのよ」

「さっきから気になっているんだがな、親父はどうして中島飛行機総帥を知久平なんて呼ぶんだ？」

「中島知久平を知久平と呼んで何がおかしい？　そういう名前なのだからしかたあるまい。あいつをエッシュンバッハ少佐とでも呼んだというならべつだが、知久平は知久平だ」

「いや、そうじゃなくて、どうして知久平なんて呼びすてにするのか？　ということを訊《き》いてるんだよこっちは」

「だって、知久平じゃないか……」

どうも北島（父）は、中島との関係をあまりほかの人間には語りたくないらしい。重要な情報に関しては息子であろうが誰であろうが語らないというのが、情報関係の仕事にたずさわっているらしい彼のポリシーのようだ。

ただ断片的な情報をつなぎあわせると、中島知久平が第一次世界大戦後の欧州における航空機技術を——かなり強引な手段で——視察していた頃、北島正則も欧州におり、二人がそこで知りあったことが関係するらしい。どんないきさつがあったのかはまるでわからないが、ともかくそれが二人の力関係を決定づけたようなのだ。

「まあ、過去のことなんかどうでもいい。おれたちは先のことを考えるこった」

7

明けて昭和一六年春。北島らの身分は、逓信省の職員ということに落ちついた。それは、あくまでも便宜《べんぎ》的なものである。実態はどうあれ、彼らの身分をはっきりさせなければならない状況になっていたためだ。なぜなら、彼の指揮下の部隊が戦力として無視できない陣容に育ってくると、海軍軍令部などがその指揮権を要求しはじめたからである。もちろんこの場合は、北島の部隊は海軍軍令部の作戦に従って動くことになる。当然、海上輸送の安全確保にそれらが使われるという保証はない。

そもそもの発端が、海軍の思惑に左右されずに独自の海上護衛戦力を持つところにあったのだから、ここで海軍の干渉《かんしょう》は何としてでも阻止《そし》しなければならなかった。だから関係諸機関は一丸となり、陸軍を表に立てたりしながら、独自戦力の保持を守り通したのである。「逓信省の空母部隊」という妙な立場なのもこのためだった。

ただこのことが、海軍軍令部や海軍省はよほど悔《くや》しかったらしい。「海軍艦艇以外の船舶が艦艇と名乗ることは統帥《とうすい》権の干犯《かんぱん》である！」と八つ当たりを始めた。このため、北島の部隊の空母やほかの船舶は、艦艇なみの戦力を持ちながら、すべて公式には護衛船と名乗ることとなった。ただし、それらはすべて海軍向けの書類上のことだった。現場では空母は空母だし、駆逐艦は駆逐艦だ。

すでに北島の傘下《さんか》には、商船改造空母一隻、各種護衛艦艇一二隻の陣容が整《ととの》いつつあった。まず護衛艦艇の三分の一にあたる四隻は、逓信省の特別チームが設計したもので、イギリスのコルベットを参考に建造したものだ。火力はさほどないが、水中聴音機のたぐいや爆雷投射器なども充実している。

逓信省や商工省の技術官僚たちは、海軍とはまったく異《こと》なる視点できたるべき戦争のありようを見ていた。その想定の中で、必要性が考えられて開発されたのがこれらの護衛艦艇だ。

速力はさほどではない。二〇ノットも出ないだろう。造波抵抗は二〇ノットあたりから急激に増大する。機関の入手のしやすさを考えると、低速には低速なりのメリットがある。どのみち、護衛すべき商船が遅いのだから、速力を追求しても意味はない。

ついでもう一つの集団をなす四隻だが、こちらはかなりわけありの船体だった。おそらく海軍について知っている人間なら、そのシルエットから日本海軍の一等駆逐艦を連想しただろう。それもそのはず、この護衛艦艇は特型駆逐艦の図面を転用して起こされたものだからだ。

駆逐艦の多くは民間造船所でも建造されており、逓信省が手を伸ばせば入手はむずかしくはない。それに、海軍に納入する前には艦船として適当かどうかを逓信省が検査するわけだから、実は彼らは日本海軍艦艇についてかなり詳細《しょうさい》な情報を握っていた。艦艇がどんなものかわからなければ、検査さえできない。海軍関係者はそういうことは想像もしていなかったが、実際はそうなのである。

逓信省としては、船舶の護衛艦艇としてコルベットのような乙型と、より戦闘力の高い甲型の二種類を用意する計画でいたらしい。一隻の甲型が多数の乙型を指揮するというような運用を考えていたのだろう。だから、比率的には甲型と乙型が同数というのは不釣りあいだ。

それでもこの不釣りあいな編制にしたのは、もしも戦争になったら、船体はほぼ駆逐艦の甲型を建造できる施設は海軍に押さえられてしまうだろう。漁船に毛の生えたような乙型ならどこでも建造できるが、甲型はそうはいかない。だから戦争前にたくさん建造しておこうという理由だ。甲型があれば、護衛艦艇の部隊は現有戦力でも四個まで拡張できる。いわば先の部隊拡張を見こした建造である。

このへんの発想はそうめずらしいものではなく、軍事においては一般的だ。たとえば第一次世界大戦に敗れて常備戦力を制限されたドイツ陸軍。このときのドイツ陸軍は、妙に下士官や下級将校の比率の高い編制をとっていた。それは将来、軍備制限がなくなったとき、大量の兵士の動員により、短期間で部隊数を増やすためだ。それらの下士官や下級将校を中核にして部隊は編成されるから、その核となる部分を大量に養成しておけば、あとは兵員を増やすだけで、部隊を増設できる。兵士は短期間で養成できても、下士官より上は養成に時間と手間がかかるのだ。

特型は第四艦隊事件などもあったのだが、今回の場合、魚雷発射管などはなく、主砲にしても連装高角砲か連装機銃に置きかわっており、トップヘビーの問題はあまり考えなくてもいいようになっていた。溶接箇所も元設計より多い。

船団護衛のための機動部隊編制に関して、事情を知る一部の海軍関係者は逓信省や商工省が艦艇を建造することに疑問を呈していた。彼らは文官であり武官ではない。しかし、官僚側から「戦車を開発するような海軍にそんなことを言われたくない」と言われると、返す言葉はなかった。それに海軍としてもこの問題を突つきすぎると、「だったら、輸送船の護衛に艦隊から戦力を出せ」というやっかいな話になるのは明らか。そういう動きも海軍としては避けたかった。

一二隻のうち、残る四隻はもっとも不可思議な存在だろう。それはれっきとした駆逐艦であった。なぜなら米海軍が駆逐艦として建造し、駆逐艦として利用していた船だからだ。それらはいわゆる平甲板型駆逐艦と呼ばれるもので、アメリカ海軍が第一次世界大戦時に大量生産したものだ。

これらはフォードの自動車生産システムを念頭に置いて、船も自動車のように量産するという、無謀とも野心的ともいえる実験として量産された部分もある。ただ結果をいえば、野心的というより「無謀」であった。平甲板型駆逐艦の量産でわかったのは、船は自動車と同じようには量産できないということだった。

こういう駆逐艦であるから、量産型といえどもロットによって機関や艤装《ぎそう》も異なっていた。性能にもバラつきがある。そんな中で第一次世界大戦が終了し、世界的な軍縮期に入ると、こうした駆逐艦の多くは処分されることとなる。そうした中で一九三七年に日華事変が起こった。

アメリカは基本的に、日本と中国では中国のほうに同情的であった。ただ公《おおやけ》にアメリカ政府は中国への支援はできない。そこでこの平甲板型駆逐艦のうち一部を、スクラップとして中国政府に売却した。圧倒的な日本海軍に対して、せめて局地的な海軍力のプレゼンスを中国に与えるためである。アメリカとしては売却した屑鉄《くずてつ》を、購入した中国がどう利用しようと「知ったこっちゃない」というわけだ。

ただアメリカの思惑はともかく、蔣介石はこれらの駆逐艦を対日戦力というよりは、対中国共産党のための戦力と認識していた節がある。ある面で、蔣介石のほうがルーズベルトよりもリアリストであった。旧式駆逐艦数隻で日本海軍には対抗できないが、中国共産党には対抗できる。ならばそちらに使おうというわけだ。

それに、中国としてもこれらの駆逐艦を使う場面は少なかった。河川《かせん》用砲艦として使うには、外洋で使うための駆逐艦はいろいろと制約が多い。実際、一部は河川に座礁し、動けなくなっていた。

そうした中で、日本陸軍は占領地でこうした駆逐艦四隻を手に入れた。ただ陸軍もこの大物を扱いかねていた。河川用砲艦にするには不向きだし、そもそもそんなものを扱える人間もいない。だから駆逐艦四隻を手に入れたものの、どうにも持てあましていたのである。そういう意味では事変は戦争と違うので、戦利品うんぬんというやっかいな法律上のあれこれはなかったわけではあるが。

この、実体は駆逐艦だが書類の上では米中日の三国でスクラップとして扱われていた四隻が、めぐりめぐって北島らの部隊に配備されることになったのである。さすがに昭和一六年ともなると、もはや日華事変が国際法上どうであるかなど誰も気にしなくなっていた。誰が見てもそれは「戦争」だ。

この頃になると、部隊の人間たちもだんだんそれ

らしくなっていった。艦隊運動なども実にさまにな
っている。もともと部隊の人間の中核が船員であり、
乙型の護衛艦艇はベースが遠洋漁業用の漁船、空母
にしても商船であり、船として動かすのはむずかし
くない。ほかの八隻の駆逐艦にしても、船に変わり
があるわけもなく、操艦そのものに大きな違いはな
かった。

問題は、むしろ艦隊運動にあった。さすがに航海科の海軍将校である北島は、たとえ船舶の専門家とはいえ、半年足らずの間に自分の部下たちに艦隊運動をマスターさせることは無理だと感じていた。これは技量うんぬんのものではなく、大きなことをいえば組織の文化であり、思想的なものだ。

日本の商船は船団を組んで行動することがそもそも多くない。仮にあったとしても、その陣形は限られており、海軍のように迅速な運動など考えられていない。要するに、商船は組織として行動することなど最初《はな》から考えていないのだ。

対する海軍はといえば、艦艇の組織的運動以外の運動は考えていないに等しい。拠《よ》って立つ場所が最初から違うのだ。

確かに部下の船員たちは、護衛艦艇を言われたとおりに操《あやつ》り、全体として艦隊運動のように動かすことはできた。しかし、船員たちは個々の艦船が組織として一体となって運動することの意味を必ずしも理解してはくれなかった。それはあまりにも彼らにとってなじみのない考えかただ。正確には、頭で理解しているが、納得してくれないとでもなろうか。確かに海軍の兵役経験者もいるにはいたが、全体の中では少数派。全体を動かすまでにはいたらない。

そこで北島は、もっと現実的な解決をした。

「各護衛船は、指揮船である空母を円形に囲み、その相対位置を常に保つようにせよ」

北島はこれだけを命じる。輪形に護衛船を配置す

れば、空母の動きに合わせて簡単にほかの護衛船も針路変更ができる。そうやって艦隊で運動することを続けていれば、そのうちその必要性も理解されるはずだ。本格的な艦隊運動についてはそれからでもいいだろう。

こうして護衛船のほうは使えるようになっていた。だがそれだけでは十分ではない。空母は飛行機あっての空母である。そして航空隊のほうは、艦船部隊ほどは順調ではなかった。

第三章 経験

1

「なあ、哲郎、わしは思うのだが……」

「ここは職場だ。指揮官と呼んでくれ」

北島哲郎は、飛行隊長で父親の北島正則にそう言い放つ。そして続けた。

「飛行隊指揮官……どの」

北島父子はいま、神戸港に停泊中の航空護衛船太陽の飛行甲板上にいた。

「まだ怒っているのか」

「怒ってはいない、あきれただけだ」

「そうか、ならよかった」

何がよかったのか、よくわからない。

「ところで飛行隊のことだが……」

子は、相変わらず立ちなおりも早い。

「飛行隊指揮官、訓練はどうなってるんだ？　艦戦の納入が遅れていて訓練は遅れていると聞いたが？」

「まあ、そのことなんだが、指揮官。そろそろ陸《おか》だけじゃ訓練にならんと思うんだが」

「太陽で訓練をするというのか」

「そういうことだ」

「駄目だな」

と北島指揮官。

「どこまでできあがっているのか、陸でおれが確かめてからだ。わかってるか、飛行隊指揮官、空母一隻動かすのは簡単な作業じゃないんだぞ」

2

海軍の横やりのため、北島哲郎の呼称は司令官から「指揮官」に変わった。司令官の呼称を用いるのは統帥《とうすい》権の（以下略）という理屈からである。どうせ「司令官（仮称）」であったし、職と官階の話を蒸しかえされるとやっかいだ。だから職も階級もダークゾーンの指揮官という呼称になっていた。

「どうせ、陸海軍の階級呼称など律令《りつりょう》制度の名残なのだから、我々は船団奉行《ぶぎょう》とか、船団護衛吟味《ぎんみ》役というような呼称にしませんか」

そう北島は主張したが、「まあ、冗談はそれくらいにして真面目に考えてみましょう」と言われただけだった。

空母にしても、海軍がうるさいので「航空護衛船」と名乗っている。船名も空母らしく大鷹《たいよう》にするつもりだったが、これも海軍の横やりで使えなくなった。大鷹は別に海軍の空母が使う予定なのだというう。本当にそうなのかどうなのかは確認するすべもないが、そうなのだと言われればそれまでだ。ただ、北島哲郎とてそのまま引きさがるのも業腹《ごうはら》なので、船名に大鷹を使わないかわりに、読みだけが同じ「太陽」をあてたのである。


旗艦——という呼称も海軍のクレームのもとになっているが——である空母が太陽なので、駆逐艦も天体の名前、太陽系の惑星にしようという案もあった。だがさすがは科学者、仙道博士教授は気がついた。

「音《おん》からいって、天王星はまずいんじゃないでしょうか」

これがれっきとした戦艦ならともかく、漁船とか簡易生産型の駆逐艦やスクラップとして輸入した外国の駆逐艦ともなると、天王星という名前はさすがにさしさわりがある。実際、陸軍はもとより逓信省や商工省、内務省などもこれに関しては引いてしまった。

こういうときこそ亀の甲より年の功、北島父が簡単な解決策を提案した。

「モールス信号みたいに、ABCで名前をつければいいんじゃないか。Aはアルファ、Bはブラボー、

Cはチャーリーってなぐあいに」

これは妙案と思われたが、これまたやっかいな話になった。日本の船だからアルファ、ブラボー、チャーリーとはいかない。だが日本にも和文通話表はあり、それでいこうかという話になった。ここまではいい。ところが、日本にこの和文通話表は一つではなかった。大きく海軍式と逓信省式があり、「あ」にしても海軍なら「あーゆーとこーゆー」で、逓信省式では「朝日のあ」だったりする。これまでもいろいろあった両者の関係を考えると、別のものを使うのが順当と思われた。

そこで北島は、発案者でもある正則に護衛船一二隻の命名を託した。それは父親を信頼したからでもあったのだが、彼はあとでその船名を聞いて心底後悔した。が、公文書として提出されたあとなので、もう遅かった。船名はアイウエオ順に一二隻。平甲板駆逐艦からアイウエと続く。

ア：アヤメカツギ
イ：イノシカチョウ
ウ：ウンダメシ
エ：エチゴバナ

と、花札の役の名前が続く。お、か、き、く、け、こ、さ、し、は国産船のためか、いきなり植物の名前になっていた。オニユリ、カエデ、キク、クズというようなぐあいである。どうしてこんな一貫性のない命名をするのだろうといぶかしがる息子に対し、副官の川島はきわめて説得力のある意見を述べた。

「たぶん、四隻命名した時点で飽きちゃったんでしょう」

納得できる意見だった。ただこれ以来北島は、父親を全面的に信頼するのはやめることにした。身内こそ行動を警戒しなければならない。

3

飛行隊の訓練は、神戸ではなく明野《あけの》陸軍飛行学校佐野分教所の建設予定地で行われていた。佐野町（現泉佐野市）は海にも近く、彼らの活動拠点としては好都合であった。本当ならここへの分教所建設は昭和一七年が予定されていたのだが、基礎的なインフラを彼らが整備するという条件で、陸軍から利用が認められていた。

これに限らず、陸軍は飛行隊の訓練や支援に関して協力的であった。最初の機材提供が福生飛行場で、人員の訓練が明野の飛行学校の分教所という実験・教育色の強い部隊が支援にあたるのには、陸軍側の思惑もあったらしい。

つまり、陸軍としても逓信省の部隊にかかわることで、独自の空母運用を研究したいらしいのだ。何しろ陸軍が「してほしい」ことは、まず間違いなく海軍が「やりたくない」ことである可能性が高い。それに陸軍の考えている空母運用には、敵主力艦を撃破するなどという想定はない。その視線は「海から陸へ」、であって海軍のように「海から海」とは違った。

このへんは北島親子も陸軍との折衝《せっしょう》の中で感じていた。もっとも、二人とも元海軍将校――細かいことをいえば「元」というのは正しくないが、状況としては「元」であろう――なので、陸軍の想定が海軍のそれと大きく異《こと》なっていても、不思議とも何とも思わなかったが。だから陸軍の言っている運用がのちの世で「強襲揚陸《ようりく》艦」と呼ばれるものであることには特に気がつくこともなかった。

訓練を見学することになった北島指揮官と副官の川島は、雑務は仙道教授に押しつけて、飛行隊指揮官の運転するシルバーゴーストで佐野の飛行場へと向かった。

「これが飛行場かい」

「そうだ、訓練ならこれだけあれば十分だ」

「十分かもしれないが……陸軍さん怒らないか？」

「建設中といえば怒らないさ。それに年度内の予算のこともあるしな」

　自動車は滑走路のすぐ脇に止まる。いちおう、整地はしてあるが、舗装してあるのは幅二〇メートル、長さ二〇〇メートルほどにすぎない。ちなみに滑走路の舗装は、海軍はコンクリートが中心だが、陸軍はアスファルトが好きだった。というわけで、ここもアスファルト舗装である。この時期、国内のこうした基地は自前の設定隊とか設営隊ではなく、民間の建設業者に請け負《う》わせるのが通例となっていた。

「空母の飛行甲板程度の大きさしか舗装していないんですか」

「それでかまわないだろう。空母で運用するための訓練だから。まあ、合成風力が期待できないぶん、太陽の飛行甲板よりは長めにしてるがな」

　北島正則飛行隊指揮官が車を降りると、すでに飛行隊の人間が待機していた。こういう男に指揮官をまかせたのだから、北島指揮官も飛行隊に規律やら何やらは期待しない。この飛行隊でそういうことが「もっとも期待できない」のが北島正則なのだ。そのへんは息子である指揮官が誰よりもわかっている。

「よし、私が指揮官の北島哲郎だ。今日は、諸君らの訓練の成果を見せてもらう。私が納得したら、空母での訓練を認めよう」

　軍人というよりは、どうも愚連隊《ぐれんたい》に近いような集団は、いかにも体育会系というような返事を返す。やはり船員の文化とも違う集団らしい。そういえば履歴書中に、内務省から「要注意人物」と朱筆されていた人間も何人かいたはずだ。

「そこのおまえ！」

哲郎は最初に視線が合った男を指さす。

「名前は？」

「横槍一《はじめ》です」

三〇歳ほどの妙にインテリっぽい男はそう答えた。

「なら、横槍、おまえの愛機で出動してみろ」

「わかりました」

横槍が格納庫へ向かうと、もう一人の男も走りだす。

「こらっ、勝手な行動をするな！　誰だおまえは!?」

「新保進《すすむ》だ！　こいつの相棒だ、覚えておけ！」

「何を……」

上官に向かって……と北島は言いかけて気がついた。さて、法的には自分は「上官」なのか「上司」なのか？

その間に、二人は整備員が引きだしてきた機体に飛びうつる。なるほど、二人で移動するのも道理。それは陸軍が昔に購入したユンカースのスツーカだった。

「急降下爆撃機か……なるほど二人いるな。飛行隊指揮官、あいつらの技量は？」

「スツーカを操縦させたら日本で五本の指に入るな」

「我が国にスツーカは何機あるんだ？」

「まあ、指二本で数えられるくらいかな……」

トラックにより引きだされた機体に、横槍と新保は馴れた様子で乗りこむ。操縦は横槍で、後部席が新保らしい。飛ばすだけなら新保は乗らなくてもよさそうだとは思うが、二人いっしょという暗黙の了解があるのだろう。横槍は前向きに、新保は背中合わせに後ろ向きに席につく。

横槍は整備員と何やら機体について打ちあわせる。

「横槍と新保か、何者だ？」

川島はノートを開いて該当者《がいとう》の履歴を、小声で北島指揮官に伝えた。

「二人とも日本飛行学校の卒業者です。大学も卒業してますね。農村部の測量飛行を行っていたようです。三年前までですが」

「そのあとは?」

「農村部で社会主義思想にかぶれたのか、活動家になったようです。飛行機でアジビラをばらまいてご用になって、会社を馘首《かくしゅ》されたと記録されてます。横槍の親が地元の名士なので、服役にまではいたらなかったようですが。その後は満州で測量に従事していたようです」

「〝満州で測量〟ってのは、関東軍の仕事か?」

「さもなくば、満鉄調査部か。あそこは主義者あがりでも仕事をさせるそうですから」

「そんな奴が何でうちに来たんだ?」

「さあ、そこまでは。面接では自分の力を確かめたいってことでしたが。内務省でもそのへんのことを確かめたかったんじゃ?」

「なるほどな。まあ、赤かろうが黒かろうが、飛ばせる部下がいい部下だ」

整備ではなく発着担当の人間が機体の右横にまわりこみ、クランクを差しこむ。よほど力がいるのだろう。男が二人がかりでクランクをまわす。エンジンはしばらくせきこんでいたが、急に力強いエンジン音を響かせはじめた。

「飛行隊指揮官!」

「何だ、指揮官?」

「あんな武骨ででかい機体が、あの滑走路から飛び立てるのか?」

「でかいってなぁ、艦攻とたいして変わらんぞ。まあ、見ていろ」

スツーカはエンジン音を上げ、誘導路から舗装された滑走路にゆっくりと移動する。さすがに機体は滑走路の端にいったん止まる。そこからプロペラの回転を上げ、猛然と滑走しはじめた。滑走路の周囲には草が生えていなかった。北島は手入れのせいだろうと思っていたが、違った。プロペラの風圧で草など飛ばされてしまうのだろう。それくらいの力強さを彼は感じていた。

「だいじょうぶなのか……」

機体はなかなか離陸しようとしない。もう残りもわずかというとき、機体はやっと地面との接触を断った。つまり、離陸した。

「飛んだぞ、おい！」

「飛行機は飛ぶのが商売だ」

機体は飛ぶだけではなかった。しばらくはゆっくりと上昇を続けていたが、いきなり墜落するような角度で降下を始めた。急降下爆撃——それを目《ま》のあたりにするのは、北島も今日がはじめてだった。

「あそこのイカダがあるな、あれを見ていろ」

飛行隊指揮官がそう言ううち、機体から何かが落ちた。模擬弾らしい。模擬弾は黒い点となってイカダに向かって落下する。そしてイカダの周辺に水柱が立ちあがった。

もちろん、爆弾ではないから水柱といっても多寡《たか》が知れている。だがそれがおさまったとき、イカダの姿はなかった。ただその周辺に、バラバラになった丸太が何本か浮かんでいた。

「すごい命中率だな」

「それが急降下爆撃だ」

「あいつらなら、潜水艦も百発百中だ。よくあそこまで仕込んだな」

「うーん、仕込んだと言われてもなあ、おれは戦闘機専門だしなぁ……」

「何だよ、その煮えきらないもの言いは？」

「うんまあ、どうもなあ、あの二人、あのスツーカに乗ってたことがあるらしいんだなあ……よくはわからんけど」

「乗ってた？　いつ、どこで、どうして？」

「知るかそんなこと。ただ川島君が言っていたように、あの二人は満州にいた頃、測量の仕事をしていたそうだ。おれが知ってる限り、測量ってのは露探《ろたん》と同義語だ。だいたい、測量という行為自体が軍事行動だからな」

「それは状況証拠だろう。本人たちが何か言ってたのか？」

「状況証拠でも断片を集めれば、全体像は見えてくる。おれみたいな玄人《くろうと》の手にかかればな。

陸軍が輸入したスツーカは二機。その二機は、一時的に大陸に渡っている。昭和一四年のことだ。たぶん川島君の持っている履歴には、嘘ではないが不十分な記述があるはずだ」

「〝不十分〟とは？」

「あの二人が日本飛行学校の生徒だったとき、彼らは航空局陸軍委託操縦生だった。時期的にそう考えないとつじつまが合わないからな。まあ、彼らはある理由から陸軍には入営しなかったが、その腕前は認められていた。だから彼らは大陸で仕事を与えられたのさ、関東軍にな」

「関東軍に雇われたあの二人が、大陸を渡ったスツーカを操縦していたと？　何のために？」

「昭和一四年だぞ。陸軍とソ連がやりあった場所があるだろう」

「あっ、モンハン事変か！」

「モンハン事変、何だそりゃ。ノモンハン事変だよ」

「えっ、嘘、本当か親……飛行隊指揮官！」

「こんなことで嘘言ってどうするんだよ。ノモンハンで事変が起こったから、ノモンハン事変だ。どこから出てきたんだ、モンハンなんて地名？」

「だって、大手新聞社の新聞に〝モンゴル国境のモンハンでソ連軍と衝突〟って見出しが出ていたぜ」

「ノモンハンなんて地名、新聞社も知らなかっただけだ。だから、モンゴル国境のモンハンなんて間抜けな見出しになっただけだ。〝モンゴル国境ノモンハン〟が正しいんだよ」

「変なことをいろいろ知ってるな、あんた見たんか？　ノモンハンなんて」

「まあな、いろいろとあってな。実を言うとあの二人は気がついていないが、おれは奴らに見おぼえがある」

「何だ、すごい推理だと思ったら知ってたのかい。しかし、モンハン、じゃないノモンハンで何を爆撃してたんだ？」

「そこまで知るか。ただ訓練のときに言ってたな。イカダに爆弾を命中させるくらい、戦車を狙うよりよほどやさしいって」

「あのお、お二人の話に割りこむようですいませんが、どうして陸軍はそれほど優秀な搭乗員を入営させなかったんですか？」

「入営させたくてもできなかったんだよ」

「主義者だから？」

「それは入営できなくなってから、あとのこと」

「なら、何だ？」

「哲郎、おまえはいまだに独り身だってな」

「何だよ、そんなの全然関係ないだろ。いまさら惚《ほ》れた腫《は》れたでもねえだろう」

「だろうな。そういうおまえには、あの仲のいい二人のことなどわかるわけがない」

「あっ、そういう事情なんですか。そりゃあ、確かに陸軍も入営させませんね」

と川島。

「だろう。理不尽な話よ、まったくなあ」

「おい、何で二人だけがわかるんだよ。おかしいぞ、おまえら！」

スツーカは戻ってきた、北島（父）と川島は事情をまだ理解できずにいる哲郎を残して、搭乗員たちを出迎えるべく、機体へと向かっていた。

4

泥縄《どろなわ》的訓練で編成した部隊にもかかわらず、北島の通商機動部隊はその実力を短期間で着実に発揮しはじめた。その理由は意外なところにあった。

給料だ。

昭和期のこの時代。日本国内には数多くの身分格差があった。それは官民共通の事実であった。たとえば企業の工場でも、生産現場で働く工員は日給月給制か請《う》け負い制であったのに対し、工場を管理する幹部である社員や職員と呼ばれる人々は月給制であった。この違いは根本的なものだった。これは軍の工廠《こうしょう》でも似たようなものだった。

官も同様。たとえば軍隊では将校・将校相当官は年俸制、下士官で月給制。これは下士官より上からが、天皇の官吏《かんり》として認められるからだ。対する一般の兵員は基本的に日給制である。恩給にしても官吏には出るが兵員には出ない。

このことは、実は日本の生産現場に深刻な影響を及ぼしていた。差別待遇が勤労意欲を削《そ》ぎ、出勤率の低下を招いていたのである。日華事変から日米関係の悪化にいたり、各地の軍需工場は二四時間稼働していた。

しかし、現実には出勤率の低下も増えており、それは特に夜勤で顕著《けんちょ》だった。陸海軍の工廠ですら、無断欠勤が三割、四割ということが起きていたのである。それでも差別的待遇は続いていたから、日本の生産現場は稼働時間は長いように見えても、現実には期待できるだけの生産性をあげていなかった。全体で見れば、理論的に可能であるはずの生産量の半分しか生産できなかったのが現実だった。

こういう場合、幹部たちは愛国心に訴えたりする。しかし、その愛さなければならない国というのは、工員の差別待遇をまったく改善しようとはしない。工員としては身分制を維持し、待遇を改善しようともしない国に対して必要以上の協力をする義理はないと考えるのは自然な感情であった。むろん、そういう意見は世間では論議されたとしても、社会の中では決して顕在化《けんざい》しないが。

対して北島の部隊は、給与面の格差などなかった。海軍軍令部よけに「逓信省職員」の身分を与えはしたが、具体的に給与体系を何号何級に準じると決めたわけでもなく、実は身分的なものは何ひとつ決まっていなかった。かといって、官吏の身分にしてしまうとなると、逓信省その他《た》の人事面で大きな問題が生じてしまう。そういう点で身分の問題はかなりあいまいであった。そもそもれっきとした海軍力でありながら、「通商機動部隊は法的には軍隊ではありません」という妙な立場ですべてを始めてしまったために、詳細《しょうさい》を詰めれば詰めるほどいろいろと矛盾《むじゅん》が生じてくるのである。これまでは、それを対症療法的に解決してきたにすぎないのだ。

ただ戦時経済がらみで、関係諸機関からは必要な人件費は確保していた。ここで仙道教授が提案した給与体系は、従来の日本の給与の常識とはまったく相反するものだった。

「まあ、お役所のすることですから、年度内の人件費はいまのまま動かないでしょう。前例主義でいえば、来年も今年度と同様なはずです。ここで部隊の人間のやる気を引きだす方法は何か？　それを考えねばなりません」

仙道が提案したのは次のようなことだった。予備費をのぞいた給与分の人件費を単純に頭割りする。そして、五年間はこの原則を崩さないというものだった。

理由はいくつかある。一つは通商機動部隊はのちの世でいう中途採用者ばかりの部隊であって、それぞれの職域に関して素人はいない。そして部隊内部の職域は広範囲にわたっている。能力とか貢献度を個々の人材に対して適切に評価するのはむずかしい。

もう一つは、これに関連して、元軍人の問題がある。実は将校と士官、下士官などについて、職域は必ずしも階級とは一致していない。端的な例が北島父子で、北島正則の最終的な階級は息子の哲郎も正確には把握《はあく》していないが、海軍少佐より上なのは間違いない。将校は終身の身分であるから、階級にこだわると少佐の息子が中佐か大佐の父親に命令を下していることになり、ちょっとまずいのだ。こんなことが通るのは、この艦隊が法的には軍隊ではないからで、現状の指揮系統を維持する限り、階級は無視しなければならない。

そういうやっかいなことに頭を使うくらいなら、部隊の全員がかけがえのない玄人《くろうと》集団なのだから、給与は頭割りという原則のほうがわかりやすい。むろん元軍人関係には不満の声もあったが、自分も指揮官と同じ給与ということなら正面きって文句もいえない。そして、部隊の大多数を占める船員たちには、これは非常に好評だった。ふつうのヒラの船員の給与よりも多かったし、何より同じ職場で同じような仕事をしている人間なら身分の格差なく給与が与えられるという公平さが支持された。

もっとも、仙道教授の思惑はもっと別のところにあった。給与総額が固定されており、それを頭数で割る。そうなると、人数が少ないほど一人の手取りは多くなる。現場でサボると、そのぶんの人間を補充すれば自分の手取りが減る。自分の給与を維持するためには、怠《なま》けず働いて頭割りの人数を増やさないようにする。それが部隊のやる気を引きだすという計算である。

もちろん、特に功績の大きい人物には予備費から論功行賞が出されるが、基本はそういうことだ。そして、これは短期間で訓練の成果をあげる大きな動機づけになった。仙道の読みが正しいのか、それほど給与の差別に不満を抱いている人間が多かったのか、解釈はいろいろだろう。だが重要なのは、効果があがっていることだった。

5

そんな中で、昭和一六年九月、ついに北島の部隊はすべての護衛船と飛行隊による実働訓練——やはり「演習」という用語は海軍から「統帥《とうすい》権の……」というクレームがついたのだ——が行われることとなった。さすがに海軍も、彼らの訓練を妨害するほど子供じみたまねはしない。

海軍が不満なのは空母をともなう整《ととの》った部隊が、自分たちの管轄《かんかつ》から離れて、陸軍その他《た》のために独自に活動しようとしている点にある。そしてやはり、最終的には海軍にとりこまれるべきだと考えていた。だから部隊が訓練により技量を向上させることそのものは、海軍にとってもメリットのあることだった。

実際この時期、大本営は南進計画を立案していたが、陸軍の上陸部隊の一部は北島たちの通商機動部隊に警護させるということがすでに規定の計画となっていた。そして海軍はそれに異を唱《とな》えなかった。対米作戦のことを考えるなら、通商機動部隊の存在で浮いた部隊をそちらにまわせるからである。

海軍としては、南進の陸軍部隊の護衛に一艦隊を出すなど鶏を裂くのに牛刀を用いるようなものという思いがある。それが北島の部隊のおかげで一艦隊「浮く」わけだ。海軍軍令部にとって決して悪い話ではない。それに彼らは、「真珠湾を奇襲する」と息まく連合艦隊山本五十六司令長官という爆弾をかかえており、北島らの部隊にどうこうできる状況になかったのも事実であった。

訓練は、神戸から紀伊水道を抜け、室戸沖で行われる。この移動の際に佐野町の近くを部隊は通過するわけだが、ここで飛行隊が陸上基地から離陸し、空母――本当の名称は「航空機搭載護衛船」だがわかりにくいので以下「空母」と表記する。航空機運用も着艦・発艦と表記。だって空母以外の何ものでもないんだもの（筆者注）――太陽に着艦するところから訓練は開始される。飛行隊のほぼ全員、移動中の空母への着艦ははじめてだった。神戸に停泊中の空母に着艦し、発艦するという訓練は行われていた。が、移動と静止とではまた違うのだ。

空母太陽の艦載機は艦戦一二機、艦攻一二機、そしてスツーカ二機の合計二六機であった。ハリケーンなどほかにも機体は残っていたが、それらは訓練に用いられる。飛行隊指揮官の北島正則は、ソードフィッシュにかなりご執心《しゅうしん》であったが、九七式艦攻がある中、いまさら複葉機など不要という意見が大勢をしめていた。とりわけ整備関係は、必要以上に業務がめんどうとなるため特に反対が強い。結局それも、やはり訓練機の仲間入りとなる。

空母への着艦は非常にむずかしい戦技にもかかわらず、給与待遇の平等化がきいたのか、操縦員たちはいずれも不安な様子も見せず着艦を成功させた。着艦に成功すれば、手当も出るのだ。考えてみれば移動している空母のほうが、着艦時には相対速度が小さいので陸上より時間的余裕が大きくなり、発艦時には合成風力が味方をしてくれる。そういう点では陸で小さな滑走路を使うよりは、ある面で有利な部分もあったといえよう。

飛行隊の予想外の健闘に比して、問題はむしろ発着機部にあった。彼らも停泊中の空母での訓練は行っていたが、飛行機が実際に発艦・着艦をしてくれないことには実戦的な訓練はできなかった。そういう点でもっとも訓練回数が少ない部門でもあった。

そのことは着艦後の機体の収容で明らかになる。航空機の発着艦時には空母の速力は二〇ノット以上出ているが、それは飛行甲板上で最低でも毎秒風速一〇メートル以上の風が吹いていているということだ。そうした中で幅一四メートル前後もあるような機体を移動するのは容易ではない。段取りの悪さから飛行甲板に飛行機が溜まり、それらを収容するまで機体が着艦できないという場面が何回か出来《しゅったい》した。

もっとも北島指揮官は、このことそれ自体はそれほど深刻には受けとめてはいない。どこに不都合があるかを見きわめるのが訓練の目的なのだ。訓練期間中なら下手でもいい。それによって改善され、実戦に間にあうこと。それが重要だ。

着艦のしんがりは二機のスツーカだった。一機は無難に着艦したが、やはり大型機の移動はむずかしい。貴重な急降下爆撃機ということで二機を載せてはみたものの、こいつは大きすぎてエレベーターには乗らないのだ。エレベーターのサイズをいまさらスツーカには合わせられない。そしてスツーカに着艦フックを増設するくらいは造作もないが、主翼を折りたたむのはさすがに無理だった。やってやれないことはないだろうが、強度がそれでもつかどうかかなり疑問だ。安全牌《パイ》、いや安全策として甲板に繋《けい》止《し》することになる。だから出撃時にはスツーカがまっ先に発艦して、最後に帰ることとなる。

二機のスツーカの本当に最後の一機は、横槍たちのスツーカだった。僚機が止まっている状態で、離発着ができるだけの技量が必要だからである。

二機のスツーカは実は同じではなかった。最初に着艦した機体はノーマルな機体。横槍たちの機体は、機関砲搭載タイプである。これは、対潜作戦において爆撃と機銃掃射のどちらが有効かを確認するために作られた。

日華事変のさなか、陸軍は中国軍が輸入したドイツのＦｌａｋ18を手に入れていた。三七ミリの高性能機関砲である。二六〇メートル先から三五ミリの鋼鈑を貫通できるという威力を持つ。だから発見した敵潜水艦をこいつで銃撃すれば、浮上中ならもちろん、潜航しても深度がまだ浅ければ撃破できるのではないかというわけだ。

このへんは北島（父）の交渉力もあり、また陸軍がこのＦｌａｋ18に関しては国産化を進めていたこともさいわいして、一門だけ手に入れることができていた。もちろん砲身の長さだけで二メートル以上ある機関砲を、「素のまま」機体には搭載できない。そんなめんどうな加工ができるくらいなら、まず主翼の折り畳みをやっている。

だから横槍機は爆弾のかわりに、機関砲を胴体下に爆弾のようにかかえるかたちになっていた。最初はむきだしだったのだが、いろいろと不都合が多く、最終的には爆弾のような形状の筐体《きょうたい》におさめて、いちおうのかたちになった。

「着艦するぞ！」

発着機部員は最後の仕事に緊張の色を隠せない。すでに甲板の端とはいえ、スツーカ一機が陣取っている。そこにもう一機のスツーカを着艦させようというのだ。

スツーカはゆっくりと空母の後方から接近し、波による飛行甲板の動揺を読んでいるらしい。一回目は着艦するかと思うほどの低空を飛行したものの、タイミングが合わずにそのままやりすごす。そして二回目、先ほどより慎重に機体は進入してくる。そして今度はタイミングが合った。機体は着艦フックを制動索に引っかけ、静止した。

「やはりなあ、あんなでかい機体を二機も甲板の上に置くというのが無理なんじゃないか？」

「そんなことを言うがな指揮官、艦攻艦戦合わせて二四機しか載っていない空母だぞ。ここで二機の急降下爆撃機が使えるかどうかはかなり違う。飛行隊指揮官としては、この二機はどうしても確保したい」

「そんなこと言ってもなあ、あぶないだろう。横槍だから何とかなったが、あいつでも一回目は見おくったくらいだ」

「まあ、それもこれからの課題だな」

「これからの課題だってなあ……無責任な」

「誰の父親だと思ってるんだ？」

やがて部隊は外洋に出る。異変は、部隊がまだ日本の領海内にいるときに起きた。

「指揮官、イノシカチョウから。聴音機に感度があるそうです」

副官の川島が報告する。通信科からの情報はすぐに副官の川島に報告されるようになっていた。これは、戦闘時に迅速な指揮を行うというのが公式見解。非公式見解は通信長という役職をはぶいて、人を減らすためだ。給与頭割りの効果は、こういう部分にも現れていた。

ちなみに、北島哲郎は機動部隊の指揮官でもあり空母太陽の艦長も兼任していた。これも公式見解は迅速な指揮と運動——何しろほかの艦艇は空母に合わせて輪形陣を動かす——を行うためだが、非公式見解は人員を少しでも削減するためだ。それに求人をしても艦長が務まるような人間は、そうそう世間にはいないのである。

「感度あり？　潜水艦か？」

「イノシカチョウはそう考えているようです」

「こんなところで……海軍か？」

「いえ、海軍がこの海域で演習その他を行うという通知はありません」

「我々の訓練に潜水艦を出して協力……」

「その協力要請は、海軍からケンもホロロに断られています」

「何か意地悪かな？」

「いくら何でも子供じゃあるまいし。それに日本海軍の潜水艦だったとしたら、ここで潜航しているというのは明らかに変です。海軍の船舶なら、たとえそれが潜水艦であろうとも、ここでは浮上していなければならないはずでは」

戦前の日本では、陸海軍は確かに大きな政治勢力だった。しかし、無法者の集団であったわけではなく、基本的に法律にもとづいて行動している。船舶も同様で、平時においては艦艇といえども一般の船舶と変わるところなく、逓信省の法律に従わねばならない。交通量の多い紀伊水道を潜航しながら進むなど、事故のもとだ。衝突事故でも起こしたら、予備浮力のほとんどない潜水艦ならすぐに沈没してしまうだろう。確かにここで潜航しているというのは不自然だ。

「たぶん鯨《くじら》じゃないか」

と北島（父）。

「鯨？」

「鯨の鳴き声とかがな、潜水艦の推進器音に聞こえることがあるそうだ。そりゃ、イノシカチョウの聴音員を疑うわけじゃないがな、このへんは昔から鯨の漁場だ。優秀だから鯨の声まで拾ってしまったってことだろう。考えてもみろ、水中聴音機で潜水艦の音を聞いたことがある奴がうちの部隊にいるか？」

「なるほどな」

「どうします、指揮官？」

「訓練内容を変更する。この潜水艦を追跡し、可能であれば撃破する」

「撃破？　鯨かもしれない、いやたぶん鯨でしょう。それを？」

「鯨でも何でもいい。潜水艦のかわりになるんなら、それを利用しない手はあるまい。鯨さえ追いつめられるなら、アメリカの潜水艦とて恐るるに足らずだ」

「なるほど」

「しまった」

「どうしました、飛行隊指揮官？」

「鯨漁するなら大漁旗を……」

「飛行隊指揮官、頼むからこういう場所で、自分の息子に恥をかかせないでくれないか」

機動部隊は空母太陽を中心に一二隻の護衛船が輪形に配置されていたが、北島指揮官はここでアヤメカツギからエチゴバナまでの平甲板型駆逐艦四隻を分離し、対潜攻撃に割りふった。残り八隻は四五度間隔で円形に空母をとりかこみ、周囲の警戒にあたる。

この方式は北島が、いま現在の自分たちの状況から割りだした一つの方法だった。いまは空母一隻を一二隻の護衛船で守るようなぜいたくというか、過剰な陣形を敷いているが、本当は多数の貨物船の周囲をこの一二隻が囲むことになる。

そうした中で敵潜水艦を発見した場合には、一部の護衛船が連携して潜水艦を狩る側にまわり、残りがあくまでも守る側を維持することになっていた。

四隻の平甲板型駆逐艦が音源に向かって接近する間に、空母太陽とほかの八隻は風上に向かって進んでいた。二機のスツーカを発艦させるためである。とりあえずこの二機を飛ばして飛行甲板をあけなければ、何かあったときにも空母としての有効な手が打てない。

すぐさま整備員や発着機部員らが、スツーカの発艦準備にあたる。動揺する飛行甲板の上で、向かい風の中、彼らは機体の位置を移動し、エンジンや武器の整備をする。

もっとも機関砲型は実弾を詰めてはいるが、爆撃機型は何もしていない。どうせ鯨なのだし、ここで爆弾を無駄に捨てるのはもったいない。かといって、綱渡りで発着艦を行っているスツーカが爆弾をかかえたまま帰還するのは事故のもとだ。

横槍と新保はいつものように二人仲よく、スツーカに乗りこむ。銃弾が撃てることを確認すると、横槍は外の連中に向けて満足そうに手を振った。

発着艦指揮所から「発艦ヨロシ」の信号が振られると、横槍機はすぐには発進せず、動揺のタイミングを読んでエンジンを吹かせた。ゴロゴロと進むスツーカが発艦する様子は、波によって飛行機がはじき飛ばされたかのようでもあった。

横槍機の次は比較的楽である。飛行甲板は長く、なおかつ爆弾のような重量物は搭載していない。こちらもあぶなげのない発艦をした。ついで発着機部員たちは艦戦を一機、エレベーターで格納庫から飛行甲板に出したが、こちらは発艦はしない。ここまでは運用訓練の延長だった。部隊の直衛《ちょくえい》はスツーカが行うこととなる。

6

「ねぇ、一」

後部席の新保が、背中合わせの横槍に伝声管で尋ねる。

「何、進?」

「鯨なんか見つかるのかしら?」

「見つかるって、どこから?」

「もちろん飛行機からよ」

「そうねえ、潮でも吹いてくれれば見つかるかもよ。でも、鯨といってもせいぜい三〇メートルくらいの生き物でしょ。飛行機からは見えないと思うなあ」

そんなとき、空母から無線が入る。

「新保だ、何か用か!?」

「おい、何か用かはないだろう。こちらから尋ねなくても状況を報告するのが……」

「けっ、軍隊みたいなごたくを抜かすな！　おまえら、おれたちの飛行機がどうなってるか、見てわかんねえのか？　ガキじゃねえんだ、何かあったらそっちが聞きたくなくても報告すらぁ！」

そう言うと、新保は無線電話機のスイッチを無造作に切る。

「いやよねえ、場の空気が読めない人って」

「でも、進は少し乱暴すぎると思うわ」

「いいのよ、あの手の連中は甘やかすと図に乗るんだから」

横槍はそうは言いながらも、下の動きにも神経を働かせていた。べつに、仕事が嫌いというわけではない。

「ねえ、進。潜水艦って、やっぱり鯨より大きいのかしら？」

「そりゃあ、軍艦だもの。鯨よりは大きいはずよ」

「そっかあ、なら、あれ潜水艦じゃないかしら」


海水の透明度と光の入射角度と、潜水艦の深度の条件がうまくそろったためだろう。スツーカからは海中に何か一〇〇メートル近い黒いものが存在しているのが見えた。

「ほんとだわ、まるで潜水艦みたい。でも、どうして潜水艦がこんなところに？」

「ほんと、どうしてかしら。まあいいわ、進、連絡して」

「わかったわ……おい、聞こえるか！　新保だ。そっちから見て右舷三〇度、距離一万五〇〇〇のところに、潜水艦と思われる物体が潜航中だ。駆逐艦からは見えないかもしれないが、こっちからはよく見える」

「了解。監視を続けろ」

「馬鹿野郎、そんなこたあ、言われなくてもわかってら！　くだらねぇ指図なんぞしてる暇があったらとっとと動け、このトンチキ！　……ほんと、話が遠いんだから」

「潜水艦……本当にいたのか」

横槍機の指示に従い、アヤメカツギを筆頭に四隻の護衛船は、その潜水艦と思われる何ものかを包囲するかたちで位置についた。

「さて、これからどうする」

「とりあえず指揮官、部隊の対潜能力については確認できたのでは」

「いや、そうはいえんぞ」

と川島。

「どうしてだ、飛行隊指揮官」

「横槍が見つけたのは、潜水艦ではなく巨大な生き物かもしれん」

「またそういうわけのわからないことを。全長一〇〇メートルの巨大な海洋生物なんか、どこにいるんだ!? 鯨だって、せいぜい三〇メートル前後だってのに」

「それは昭和の御代《みよ》の話だろう。いまから一億年の昔には、この地球にはそれくらい巨大な生き物がわんさかいたんだ」

「あっ、恐竜ってやつですか」

恐竜の定義は一般に、竜盤目もしくは鳥盤目――こうした定義も昨今はゆらぎつつあるが――の二系統の爬虫類《はちゅうるい》を意味し、翼竜とか水中大型爬虫類を恐竜と呼ぶのは不適切ではある。しかし、海軍兵学校ではそんなことまで教えないので、三人はこの用語について特に疑問は感じなかった。彼らにとって大きな爬虫類は何でも「恐竜」だ。

「あのなあ、一億年前に何がいたか知らんが、我々が問題にしているのは、いま現在スツーカが追っているやつなんだぞ。だいたい恐竜恐竜というが、あんた見たんか」

北島はまだ自分の父親を見くびっていた。

「見た、地中海でな」

「地中海！ってあの第二艦隊を派遣したときか？」

「そう、それだ。先《せん》の大戦で地中海に派遣された第二艦隊もかかわった事件で、あまりの異常な事態に、公式な報告書からははぶかれた事実がある。

あれは一九一七年だ、駆逐艦松と榊《さかき》が地中海のミロ島への護衛任務中に、ドイツの潜水艦に襲撃され、榊が沈没こそまぬがれたが大破したという事件があったのを知ってるか？」

「まあ、それくらいは知ってるが」

「あれはドイツの潜水艦によるものじゃない。巨大な海洋生物に襲撃されたためだ。駆逐艦より大きかったから、全長で一〇〇メートルはゆうにあっただろう。考えてもみろ、あのときは、いっしょにいた五〇〇〇トンの運送船が魚雷を食らって沈んだというのに、二等駆逐艦にすぎない榊が魚雷を食らって浮かんでいられると思うか？」

「おい、やはり潜水艦がいたんじゃないか」

「誰も潜水艦がいなかったなどとは言ってはおらん。榊は巨大な怪物に襲われたというだけだ。矛盾《むじゅん》はせん。

こういうことだ。ドイツの潜水艦が運送船を襲撃したために、怪物はまず潜水艦を敵だと判断したらしい。自分の縄張りを侵《おか》した同類とでも判断したんだろう。体当たりして潜水艦は轟沈だ。当時の潜水艦の信頼性なんてのはそんなものだった。ところがそんなことは知らないで、榊は爆雷攻撃をかけた。そこで怪物は今度は榊に襲いかかった。おそらく体当たりと爆雷で手負いになっていたんだろう。マグロだって魚雷より速い速度で泳げるんだ。その怪物も魚雷なみの速度で体当たりした。榊の艦首は大破し、ミロ島まで曳航《えいこう》しなければならなかった」

「飛行隊指揮官は、それをどこでご覧になっていたんですか？」

「救命ボートの上だ。おれは運送船の側に乗ってぃたからな。榊が攻撃してくれなかったら、海に投げだされた連中は全員怪物に食われていただろう。実際、何人か食われた。おれもあのときばかりは助からんと思ったぜ。人間相手なら負けはしないが、相手が海の怪物ではな」

「で、怪物はどうなった?」

「さすがに爆雷をたらふく食らって、バラバラになって死んでしまったよ。地中海が血に染まった……。あとで大英博物館で調べたが、どうもあの怪物はプリオサウルスというのに似ていたな」

北島指揮官は思った。この父親は怪物相手でなければ死にそうにないなと。

「というわけだ。地中海のようなせまい海にいまもってそういう生き物が存在する以上、この太平洋にいてどこがおかしい?」

「本当にいればな。どうして親父がたまたま地中海にいたときにだけ、そんな生き物が現れるんだ?」

「何を言うか。伝説では昔から存在は指摘されていたんだ。おまえ、ゴリラを知ってるか? あれだってなあ、ゴリラの噂《うわさ》がはじめてヨーロッパに伝わってから二五〇年後に、ようやく存在が確認されたんだぞ。それを思えば……」

「わかった、わかったよ。で、あれが怪物だったら何だ?」

「怪物と決めたわけじゃない。〝怪物の可能性もある〟と言っているんだ。潜水艦がこんな海域で潜航しているというのが考えにくいんだから、怪物の可能性もあるだろう。とりあえず、爆雷を投下してみろ。潜水艦なら浮上するはずだ」

「でも、飛行隊指揮官。たとえば、某国の潜水艦が日本を偵察するというような可能性も考えられると思いますが。少なくとも、古代の恐竜の生き残りよりも」

「その場合は、下手をすれば外交問題になるかもしれないな。が、あれは怪物だ。未知の巨大海洋生物として攻撃……じゃない退治すれば問題なかろう」

「なるほど。何を馬鹿みたいなごたくを並べているかと思えば、そういうことかい。よし、怪物退治といくか」

艦橋にいる主な人間たちは、飛行隊指揮官の言っている言葉の意味がようやく理解できた。領海内に侵入しようとしている国籍不明の潜水艦をむやみに攻撃するのは、いろいろとさしさわりがある。北島らの部隊が攻撃すべきかどうかは法的に問題になるだろう。しかし、海の危険な怪物なら、それが航海に支障をきたす存在であれば、攻撃するのは逓信省関係者としては当然のこと。誰もがそれを理解した。

「しかし、そのような根拠で攻撃を行ってよいのでしょうか。それは潜水艦の可能性を否定しませんが」

訂正。一人状況を理解できていないのがいた。

「副長、とりあえずおれにまかせろ。責任はおれがとる」

と北島。

すぐさま、四隻の平甲板型駆逐艦から爆雷が潜水艦めがけて投下される。しかし、これははた目には激しい攻撃に見えたが、戦果の確認は困難だった。四隻それぞれの連携が必ずしもうまくとれていないため、爆雷の爆発によって海水が擾乱《じょうらん》され、周囲の海域では水中聴音機が使用不能になったのである。

しかも、爆雷の深度調定は必ずしも適切ではなかったらしい。爆雷の激しさからいえば「あるであろう」潜水艦が破壊された場合の痕跡は、何も見あたらない。むろん、海の未知なる巨大生物の死体なども上がらない。

「爆雷攻撃はアヤメカツギだけが行う」

北島指揮官がそう判断を下した頃には、某国の潜水艦か巨大生物か、ともかくそれらの足跡は消えていた。水中聴音機は標的を見うしなった。

「どうして、爆雷攻撃を一隻だけに？」

「四隻同時ではかえって混乱するだけだ。それに領海侵犯を犯《おか》しているとはいえ、浮上するチャンスぐらい与えるべきだろう」

「そうですね、何億年も生きながらえてきた生物の末裔《まつえい》を、むやみに殺生《せっしょう》するものではありませんからな」

「……まあ、そういう解釈もあるか」

どういうわけか、副長は状況というか、いまの「空気」を読みきれていないようだった。きっと地中海で怪物と闘ったというような話がよくなかったのだと、北島は飛行隊指揮官のほうを横目で見る。

「しかし、浮上しないというのは解《げ》せないな」

「どうしてだ、飛行隊指揮官」

「蔣介石の潜水艦とでもいうならともかく、第三国の潜水艦なら浮上したとしてもそれほど大きな問題にはなるまい。事故とか機械の故障とか言いのがれようはいくらでもあるだろう。いきなり攻撃したことを抗議することだって考えられる」

「私の采配に何かご不満でも？」

「いえ、そういうことじゃなく。どうもなあ、浮上したくないというか、浮上して自分たちのことを知られたくない連中がいるように思えるんだがな」

「たとえば？」

「スパイをひそかに入国させる、あるいは出国させるため」

「なるほど。それならありえるか。だとすれば是が非でも発見しなければ……」

そのとき、通信室から電話。

「指揮官、スツーカが巨大生物を再び発見したそうです。どうやら逃げのびていたようです」

と川島。ここまでくると、北島もちょっと不安になってくる。本当にわかっていないのかな。が、それよりも仕事。

「横槍に命令を伝えてくれ」

7

スツーカがそれを見つけたのは、駆逐艦よりも離れた海面だった。潜水艦はさすがに逃げきったらしいが、無傷でもなかったようだ。重油らしい油がわずかだが海面に広がっている。そして再び、上空から潜水艦の姿が確認できた。どうやら損傷のために深深度には潜《もぐ》れない状態らしい。

「ねえ、一、どうする？」

「そうねえ、進。せっかくだから銃撃しちゃいましょうか」

「潜航中の潜水艦を？　いくら三七ミリでも効果はないと思うけど」

「いいのよ。驚いて浮上してくれれば」

「なるほど、さすが一ね」

スツーカは相手の姿をとらえると、急降下で接近する。そして水中の潜水艦に向かって三七ミリ砲弾を次々と叩きこんだ。

ここで横槍らの計算にくるいが生じた。飛行機から撃つ三七ミリ砲は、砲弾の速度プラス飛行機の速度が目標から見た砲弾の速度。その威力は地上で静止状態で射撃するより大きかった。

水面に一連の砲弾による飛沫《しぶき》が走ったかと思うと、その周辺はすぐに急激に泡立ち、そして重油の帯が急激に広がってきた。

「まあ！」

「まあ！」

横槍も新保も、あまりの展開に言葉もない。

結局、それが潜水艦であったのかあるいは「巨大海洋生物」だったのかは、浮上しなかったため何もわからなかった。ただ、内務省にはそれなりに思いあたる節はあるようだったが、それが何かは公表されなかった。北島らにしてもされたくはない。

この日の彼の航海日誌。

「部隊としてははじめての演習を行う。部隊の人間の技量も水準にある。また改善すべきところもはっきりしてきた。演習中に絶滅したはずの巨大海洋生物を退治」

なおこれより数十年後に、この航海日誌は逓信省の書類の山の中から発見され、UMA（未確認生物）業界（?）に一大センセーションを巻きおこすことになる。その時点で関係者として健在だったのは、副長の川島正男だけだったのだが、彼はこの日のことに関しては数十年経過してもよく理解していたとはいいがたく、自分の孫のような取材陣に「第一次世界大戦のときに日本海軍の艦隊が地中海で恐竜と闘った」話なども含め——たぶんサービスのつもりで——滔々《とうとう》と語ったという。

これ以降、世界のUMA系のホームページなどでは、世界の海軍の中で唯一、恐竜と闘った艦隊として北島らの部隊は語りつがれてゆくのであった。

第四章 実戦

1

北島哲郎を指揮官とする通商機動部隊の初陣《ういじん》は、昭和一六年一二月八日であった。戦時経済維持のために南方の資源地帯から物資を輸送するのが彼らの創設主旨《しゅし》ではあったが、その前に南方の資源地帯を占領しなければ、彼らの存在理由そのものが成立しなかった。

ただ逓信省を中心とする官庁のうしろ楯《だて》で創設された北島の部隊も、開戦が既定の事実となりはじめる昭和一六年秋以降は、いやおうなく陸海軍サイドの圧迫を受けるようになる。海軍将校が指揮官となっている空母を中核とした小機動部隊。それは陸軍ばかりではなく、海軍にとっても魅力的な戦力であり、それを誰が管理するかというすでに決着のついている問題が何回となく蒸しかえされていた。

そして海軍とは独立した戦力であるということが確認されるたびに、その反動から「陸軍の戦力」という色合いがますます強まってゆく。そうして彼らの部隊は、彼らの思惑や意思とは無関係にどこの勢力に属するかが決められていたのであった。

このとき、彼らの通商機動部隊はマレー攻略作戦に参加する陸軍の輸送船九隻の護衛を担当していた。鬼怒川丸、阿蘇山丸、相模丸、金華丸、東山丸、宏川丸の六隻は、タイ領のパタニへ上陸する第五師団安藤支隊先遣隊を乗せている。淡路山丸、綾戸山丸、佐倉丸の三隻は、英領マレー半島のコタバルに上陸する第一八師団侘美《たくみ》支隊先遣隊を乗せていた。

もちろんマレー作戦の陸軍部隊はこれだけではなく、主力部隊である第五師団はシンゴラ上陸のために一一隻の輸送船を擁《よう》し、これらは日本海軍の南遣艦隊により護衛されていた。ただし、二つの部隊はまったく別々に行動していた。

これは北島らの部隊と海軍との確執《かくしつ》もあったが、彼らの部隊が主力部隊の行動を側面から支援する陽動部隊の性格をも兼ねていたことがある。空母をともなう部隊をイギリス軍は主力と判断するであろうし、それらがコタバルなどマレー半島に向かっていれば、タイ領へ侵攻する第五師団主力の存在を隠すことができるという判断である。

事実、一二月七日の時点で、北島らの部隊はイギリスの飛行艇により一時的にではあるが発見されている。この情報からパーシバル中将などは、空母をともなう艦隊がマレー半島上陸のために移動すると判断、ジットラライン防備を固めさせた。

彼らにはいち早くタイ領に侵攻し、クラ地峡に防衛線を張るという選択肢もあった。仮にこれが実行されていれば、第五師団のその後の順調な前進は阻止《そし》されていただろう。しかし、「主力の上陸はマレー半島」という判断が、そうした行動を彼らにとらせなかった。よって第五師団主力がタイに上陸したという知らせは、パーシバル中将らを驚愕《きょうがく》させ、以降の作戦指揮に多大な影響をもたらすことになる。

ただこれはのちに明らかになることであり、戦後の回顧録などでは、陽動作戦がマレー半島侵攻作戦を成功させたと発言する陸海軍——特に海軍——軍人も多いのだが、事実は違っていた。陸軍はコタバル上陸を主張したのに対して、海軍は機雷が敷設《ふせつ》されている可能性があるからと、コタバル上陸に反対したのが真の理由であった。

もしもほかに手段がなければ、陸海軍激論のすえに何らかの妥協がなりたったのかもしれない。上陸部隊を護衛できるのは海軍の艦隊だけなのだから。しかしいまは北島らの通商機動部隊がある。陸軍はコタバルとパタニの上陸部隊に関しては通商機動部隊に護衛をまかせ、海軍には主力部隊の護衛のみを依頼した。

海軍としても、イギリス東洋艦隊などに備えるための戦力を確保するうえで、北島らの部隊が護衛任務に従事してくれるのはありがたいことではあった。それにより生じた戦力で敵艦隊に備えることが可能だからだ。そういう点では、海軍はやはり海戦を中心にこの作戦を考えていたといえる。

本国から作戦中止の命令が出されないまま、ついに日本はルビコン川を渡る時間となった。そうして北島らの部隊は二つに分かれる。パタニへ向かう六隻の輸送船には、オニユリ、カエデ、キク、クズの四隻の護衛船——特型駆逐艦の図面で建造したやつだ——が同航し、コタバルに向かう三隻の輸送艦に対しては空母太陽を含む主力が同行した。

戦力的には不自然にも思えるが、それにはしかるべき意味がある。コタバルは機雷敷設の可能性があるとともに、基地の防備が固いと考えられていた。このため、空母による上陸支援が期待されていたのであった。

「戦時経済を維持するため」に、潜水艦や敵機から船団を守るのが彼らの創設主旨であった。しかし、戦時経済の維持以前に、開戦段階ですでに彼らの部隊運用は変質しはじめていた。だがそうはいっても「想定外のことはできません」とはいえないのも事実である。対艦訓練はしてはいたが、地上攻撃はほとんどやっていない。それでも、艦攻も急降下爆撃機も出撃してゆく。

2

昭和一六年一二月八日午前零時一〇分。あと三〇分ほどで上陸部隊は動きだす。その前になすべきことがある。二機のスツーカは、そのために夜のマレー半島に向けて飛んでいた。彼らのほかにも航空機は控えていた。ただ急降下爆撃が可能なのは、二機のみ。後続部隊のために先導機としての役割も彼らは持っている。

さいわい、月は明るい。東北東に満月が、そしてその上には木星が輝く。それで敵陣が克明にわかるわけではないが、少なくともおおまかな地形は読みとれる。

「進、準備はいい？」

「いいわよ」

横槍の後部席では、新保がその瞬間を待ちかまえていた。どうして自分たちが上陸部隊支援のために敵陣地を攻撃しなければならないのか、という疑問もすでにない。納得しているわけではない。ただすでにすべてが動きだしているいま、一人二人の人間の意見など大勢を動かすにはいたらない。それは、二人があのノモンハンで誰よりも実感したことだ。

「結局私たちって、陸軍に便利に使われる運命なのね」

「そんなことはないわよ。どんなことがあっても生き残ってやって、そうじゃないことを証明しようって誓いあったじゃない」

「ごめん、弱気になって」

「いいのよ、そんなこと。さあ、始めましょ」

横槍機の後部席から、続けざまに照明弾が撃ちあげられる。手持ちの照明弾の明るさなど知れているし、地上のイギリス軍を刺激するにはまだ不十分であった。そこを飛行しているのはまだ二機の航空機にすぎない。陣地の兵士たちもじっと息をひそめていた。

だがそれも、二機のスツーカが急降下をするまでだった。戦場とも思えない静寂《せいじゃく》につつまれた中、二機のスツーカから独特のサイレンのような唸《うな》り音が響きわたる。

それはかつてナチス・ドイツ軍がヨーロッパを席《せっ》

捲《けん》したときの、あのスツーカの音に相違ない。これは、横槍らがあとから追加したものだ。ヨーロッパの戦場で威力を発揮した、スツーカの急降下音の心理的効果をまねたものだ。

陣地で息をひそめるイギリス将兵の中では、その音は悪夢と結びついていた。それは決して忘れられる音ではない。

誰かが上空に向けて発砲した。そしてそれが引き金となった。地上で息をひそめていたはずの守備隊は、降下してくるスツーカの唸りに向かって次々と攻撃を始めた。

攻撃を始めたのは高射砲などの対空火器ばかりではなかった。上陸するであろう日本軍を待ちかまえていた、インド軍第八旅団も反応した。ただそれらは衝動的な攻撃が大半であり、降下しているスツーカに対しては、それほどの脅威《きょうい》とはならなかった。

むしろそれらの攻撃は、上空のスツーカに対して、陣地の場所を暴露《ばくろ》する結果を招いていた。そして、まさにそれが彼らの目的だった。

これが昼間に、多数の航空機が襲撃してきたのなら、対空火器にも効果はあったのかもしれない。しかし、夜間にわずか二機。しかも音速に近い速度で降下しているから、音のするほうを見ても、すでに飛行機はいない。砲撃は激しかったが、二機のスツーカは飛んでいた。

まず爆弾をかかえた一機が、飛行場の高射砲と思われるあたりに爆弾を投下する。ピンポイントとはいかなかったが、目標とのずれは爆弾の威力が補《おぎな》ってくれた。高射砲陣地が一つつぶれ、そこでは弾薬などが誘爆しはじめる。

横槍らのスツーカはその場に、急降下ではなく緩降下をかけてきた。銃撃こそが彼らの目的だからである。飛行場には、ロッキード・ハドソンなど偵察機や爆撃機などが二〇機程度出撃準備をしていた。

まさにそこに横槍らのスツーカは現れた。

次々と撃ちこまれる三七ミリ砲。戦車でさえ仕留められるそれらの火力は、航空機に対しては圧倒的であった。何より出撃前というのが災《わざわ》いした。燃料や爆弾を搭載した機体が何機もあったためだ。

一機が砲弾を受け、燃料に引火して爆発炎上する。しかし、それにより滑走路は使用不能となった。機体はそこから離陸して逃げることさえできない。そして炎上する機体は飛行場を明々《あかあか》と照らした。

横槍らも最初の砲撃は半分は勘だった。しかし、この炎上する機体のおかげで、より精密な攻撃が可能となる。横槍はもっとも効果的な方角から順次砲撃を行った。飛行場に並べられている航空機が順番に炎上しはじめる。砲弾が命中しなかった機体であっても、周囲の火災による延焼はまぬがれない。

一〇分足らずの間に、飛行場は一面が燃える機体で埋めつくされた。もはや、コタバル飛行場は飛行場としての能力を失っていた。

そして時を同じくして、すでに侘美支隊の上陸は始まっていた。しかし、それらに対する抵抗は予想以上に低調だった。飛行場が潰滅《かいめつ》的な打撃を受けたことが、インド軍第八旅団などの士気を大きく低下させてしまったのだろう。そこでの抵抗は、本隊が後方に転進するための時間稼ぎにすぎなかった。

3

侘美支隊は死傷者らしい死傷者を出すこともなく、朝までには飛行場を完全に占領し、昼過ぎにはコタバル市街をも占領することに成功した。三隻の輸送船も、あるいは飛行場が健在であれば無傷ではすまなかったのかもしれないが、飛行場の潰滅により誰の攻撃をも受けることなく、順次必要な物資の揚陸《ようりく》作業に入っていた。

シンゴラをはじめとして、第五師団の上陸作戦は、ほとんど抵抗らしい抵抗を受けることなく進んでいった。

こうして北島らの通商機動部隊も上陸と揚陸の成功を確認したあと、撤収に移った。彼らが護衛すべき船団はいくらでもある。彼らは上陸の成功とともに次の任務に従事しなければならなかった。何しろ彼らのような護衛専門の部隊は、彼らの部隊だけなのである。

北島らの部隊は一度、パタニの部隊を護衛していた駆逐艦と合流し、そのままマレー半島を南下した。すぐにカムラン湾に向かわなかったのには、わけがある。陸軍筋から非公式に南下を要請されていたためだ。つまり空母太陽の戦闘機、爆撃機があれば上陸部隊が必要とする場合に、それらを航空戦力として活用できる。

こうした作戦運用は、陸軍側から見れば好都合であったかもしれない。だが北島らにとってみれば、想定外のことである。なるほど、そうしたことも可能であるような訓練は続けていたが、「できること」と、「すること」と、「すべきこと」は違うのだ。もちろん「せざるをえないこと」とも。

一方の海軍はといえば、彼らは彼らなりに北島の通商機動部隊の動向に注目していた。なぜならば南遣艦隊の動向について、依然としてイギリス東洋艦隊はその実態を正確に把握《はあく》していないようだからだ。北島部隊を海軍部隊と誤認していてくれれば、自分たちの存在を相手に気取《けど》られることはない。それは戦術的には大きな利点を意味する。

小沢司令長官はシンゴラなど陸軍主力の上陸成功を確認するとすぐに、近藤信竹司令長官の南方部隊本隊と合流すべく、みずからの部隊をカムラン湾方面へと移動していた。近藤司令長官の部隊には、戦艦金剛、榛名と、重巡洋艦愛宕《あたご》と高雄などの有力水上艦艇がある。シンガポールのイギリス艦隊が動きだしたならば、小沢部隊の重巡洋艦および水雷戦隊と近藤部隊の戦艦、重巡洋艦戦力で、それらを攻撃することになっていた。

戦艦の火力でいえば、プリンス・オブ・ウェールズとレパルスに分《ぶ》がある。しかし、駆逐艦や重巡洋艦の戦力では日本海軍がまさっていた。いわば小規模な漸減邀撃《ざんげんようげき》作戦を実行し、水雷戦隊で敵戦艦にダメージを与えて、主力艦がとどめを刺すというシナリオを彼らは描《えが》いていたのである。

コタバル方面に展開していた北島らの部隊を、イギリスのマレー軍総司令部が日本海軍の空母部隊と誤認してくれるなら、イギリス艦隊はそれらを撃破すべく動きだすだろう。そこを本当の日本海軍部隊が奇襲する。

ただ、小沢・近藤部隊は合流はしたものの、すぐには攻勢に出なかった。肝心のイギリス艦隊が予想に反して動かなかったからである。シンガポールを偵察した陸上偵察機から、セレター軍港に在泊しているという情報がもたらされていたのである。

そしてこのことは、小沢中将らには必ずしも意外なこととは受けとられなかった。すでにマレー半島やタイ領への陸軍部隊の上陸は成功した。いまさらイギリス艦隊が日本軍船団を攻撃したとしても、大勢には影響はない。イギリス艦隊は攻撃すべき適切な時機を逃してしまったのである。

日本軍の最終目標がシンガポールであることは、火を見るより明らかだ。ならば、シンガポール防衛のために二戦艦を在泊させるというのは、それほど不思議な話ではない。

ここで合流した艦隊での先任指揮官は、第二艦隊司令長官でもあり、海兵三五期の近藤中将であった。小沢は海兵三七期なので、自動的に近藤の指揮下に入る。

近藤司令長官は、シンガポールの二戦艦が動かないとわかると、それ以上は特に動こうとせず、潜水艦もしくは航空隊によるシンガポール攻撃により、敵戦艦をセレター軍港から追いだす方針に切りかえた。航空隊に命令が出される。

微妙なのは、これは必ずしもシンガポールからイギリス艦隊を動かし、それを南方部隊により撃破することを意味していなかったことだ。イギリス艦隊が北島らの部隊を攻撃すべく、マレー半島を北上してきたならば攻撃する。しかし、それらがセイロン島かどこかに避難する場合は、それはそれでかまわないと近藤は考えていた。このへんの方針に関しては小沢と近藤の間で意見の食い違いもあり、小沢はすぐに敵の動きに対応できるようにカムラン湾から部隊を南下させることを主張したらしいが、それは近藤の受けいれるところではなかった。

近藤としては、重巡や駆逐艦でまさっているとはいえ、金剛・榛名の二戦艦でイギリスの新鋭戦艦相手に勝つのはむずかしいと考えていた。勝つには勝てるだろうが、こちらの犠牲も大きい。山本五十六が真珠湾作戦なんかを実行しようとしているが、それが成功すればよし、しかし失敗すれば日本海軍はきわめて厳しい状況に置かれてしまう。主敵がアメリカである以上、近藤としては対イギリス艦隊との戦闘で必要以上の戦力を失いたくなかったのである。

仮に近藤の部隊が戦艦一隻を失って、敵二戦艦を沈めたとする。それは戦術的には日本の勝利だろうが、戦略的には負けではないにせよ、決して勝ちとはいえない。イギリスが戦艦二隻を失うのと、対米戦を前にした日本海軍が戦艦一隻を失うのとでは、戦艦の「重さ」が違うのだ。

ところが、ここで状況を一変させる出来事が生じた。ときに昭和一六年一二月九日午後五時一〇分。

4

「発：伊号第六五
宛：第五潜水戦隊本部
敵レパルス型戦艦二隻見ユ　地点コチサ　針路三四〇度　速力一四ノット　一五一五」

驚くべきことは二点。どうしてこのような重要な報告が、発見から二時間も遅れて艦隊に届いたのか？　もう一つは、敵二戦艦はシンガポールに在泊ではなかったのか？

まず前者の疑問に関しては、これは艦隊の組織編成上の問題が大きかった。日本海軍の通信網は木の枝のように、組織の指揮系統に重なるような構造となっている。海軍艦艇は自由通信が原則とはなっていたが、実際には末端の艦艇が直接艦隊旗艦に通信を送るようなことはまれだった。それでは通信が錯《さく》綜《そう》し、円滑《えんかつ》な指揮通信はおぼつかない。

マレー作戦のような大規模な作戦では、それぞれの部隊がそれぞれの時間帯で使用する用途と波長が詳細《しょうさい》に決められており、末端の艦艇は通信を送る場合にも誰からどの波長で受けとり、どの波長で誰に送信するかが決められていた。

逆に艦隊司令部から末端に命令を伝えることは簡単にできるように通信網は計画され、編成されていた。事前に作戦計画は組まれているのだから、極端な話「実行」と「中止」の二つの信号さえあれば作戦を進めるうえで問題はない。頻繁《ひんぱん》な通信は、戦隊もしくは隊レベルの内部で閉じているからだ。

これはこれで、よくできた通信システムではある。しかし、末端から突発的事態を報告するような場面では、問題があった。上意下達《かたつ》はスムーズだが、その逆は必要なステップを踏んで上に伝達されるようになっていたからだ。

だから伊号第六五潜水艦は、まず直接の上部組織である第五潜水戦隊にイギリス艦隊の動向を知らせた。それを受けた第五潜水戦隊旗艦が最寄りの陸上通信施設に転送し、そこから南方部隊本隊に送られた。暗号を解読し、確認し、再度暗号化して転送する。そうした手間により、二時間が費やされてしまったのである。

誰の怠慢《たいまん》でもない。下から突発的な重要情報を直接最高指揮機関に伝達できるシステムができていないことによる、論理的帰結だった。

怠慢ということなら、むしろ後者の疑問に関する部分だろう。伊号潜水艦の報告を信じるならば、陸上偵察機によるシンガポールの情報が誤りであったことになる。再度写真分析をやりなおさせたところ、戦艦と思われていたのは大型商船であることが明らかになる。これによって伊号潜水艦の報告は裏づけられた。しかし、近藤艦隊はイギリス艦隊がいるであろう海域からあまりにも遠く離れていた。

そして彼らは気がつく。

「長官、敵艦隊の予想針路上に、あの空母部隊がいます！」

5

時計が定時を示した。飛行甲板にデッキチェアを広げて昼寝をしている横槍と新保に、若い発着機部員が恐る恐る声をかける。

「あのおぉぉ……」

「……ぬぁんだぁ」

「そろそろ定時哨戒《しょうかい》の時間ですが」

「何だと!?」

新保はそう叫ぶと、いきなりその発着機部員の襟首をつまみあげ、目の上に片手で差しあげる。その程度のことは新保には朝飯前だ。何しろ片手でスツーカを移動させたという噂《うわさ》まである男なのだ。

「し……新保さん……お、降ろしてください」

「えっ、ああ、時間か。ちょっと寝ぼけていたようだ」

そう言うと、新保はその男を無造作に甲板に降ろし、横槍を起こすようにあごで示す。

「あのおぉぉ……」

「何」

「横槍さん、時間……」

「時間は相対的なもの……絶対時間なんかない……」

「いえ、起きる時間だということを……」

「起きる時間って……」

そう言いながら横槍はまたしても眠ってしまう。それもしかたがないのかもしれない。何しろ空母太陽は甲板にあるスツーカが発艦して場所をあけてくれないと、ほかの飛行機が発艦できない構造なのだ。訓練のときには誰もさほど大きな問題とは考えなかったが、いざ実戦となり出撃回数が増えると、それが彼らの任務でなかったにせよ、ともかく場所をあけるためだけに発艦しなければならない。疲労も溜まる。

「おい、起きろ！」

新保は横槍のデッキチェアを足で蹴飛ばすと、そのまま横槍の襟首をつかみ往復びんたを食らわせる。

「あっ、おはよう。時間か？」

「時間だ！」

横槍は一度艦内に入って顔を洗ってくると、すがすがしい表情で戻ってきた。

「じゃぁ、行くか！」

二人は唯一残っているスツーカに向かう。どうして唯一かといえば、もう一機は——たぶん疲労が溜まっていたのか——着艦に失敗してしまったためだ。さいわい、搭乗員は駆逐艦に救助されたが、機体は海中に没してしまう。こうして機体は一機になった。

機体が一機になったぶん、スツーカの搭乗員は一組余裕ができたわけだが、さすがにおぼれかけた人間たちに出撃は命じられない。横槍たちが多少は楽ができるのは、もう少し先の話であった。

スツーカは前方哨戒飛行に飛び立ってゆく。実は一つわかったことは、スツーカが一機だけなら、これを飛行させて飛行甲板をあける必要が必ずしもないということだった。艦攻や艦戦なら何とかいける。ただ発着機部のほうは着艦を失敗させたということで、精神的動揺が大きいらしく、いましばらくは現状維持でいくしかないらしい。

「ごめんね一、さっきは殴ったりして」

「気にしないで、仕事だもの」

「やさしいのね……でも、どうして哨戒飛行なんか必要なのかしら？　プリンス・オブ・ウェールズやレパルスはシンガポールにいるんでしょ？」

「敵がいてもいなくても哨戒飛行は必要よ。保険みたいものなんだから。それに空の上なら、こうして進と二人っきりでいられるし」

「ばか」

通信に関する問題は、単に海軍内部の問題ではなかった。伊号第六五潜水艦の「敵戦艦発見」の報告は、北島らの通商機動部隊にはまったく届いていなかった。もちろん彼らの通信科も、海軍の通信は傍受はした。しかし、彼らが使っている暗号は商戦用の船舶暗号であり、陸海軍のそれとは別であったため、解読はできなかった。

冷静に考えるなら、これはきわめて問題のある状況だ。同じ情報を共有したとして、それらはもっとも暗号の強度の弱い通商機動部隊から解読されてしまうからだ。ただ陸軍も海軍も、北島らの部隊はあくまでも「利用すべき道具」であって、身内ではない。だから必要最低限度の情報さえ、ときに与えないことがあった。

シンガポールに二戦艦が在泊中という情報にしても、陸軍が海軍から聞いた情報を商船暗号で伝えてきたものであり、限られた内容だけだった。

いわゆるイギリスのZ艦隊が動いていることをこのとき、近藤艦隊は通商機動部隊にはもちろん、陸軍にも知らせていなかった。

横槍やほかの搭乗員が哨戒飛行に向かうのは、実はそうした情報不足が一番の理由だ。自分たちの周辺がどうなっているのか。彼らには外部からのそうした情報支援がない。いままでの訓練では、そうした点が問題になることはなかった。だが通商機動部隊の一番の弱点が、その正面装備ではなく情報支援にあることを、彼らは戦場に投入されてはじめて実感していた。

そしてそれを打開するために飛行隊指揮官は、必ずしも軍事的な必要性は高くない中で哨戒機を出させていた。

「情報は自分で手に入れる努力をしない限り、手に入らない。安易に手に入る情報こそ、その背景を読みとれる能力が必要だ」

彼はそう言った。

とはいうものの、哨戒飛行中の横槍のスツーカは、とりたてて変わったものを認めることはなかった。航続距離だってそれほど長いわけではない。あと五分で引きかえそうとしたとき、それは現れた。

「ねぇ、進！　大変よ、戦艦が来るわ、それも二隻!!」

「えっ、そんなあ、ありえないぃぃ」

だが主観的にどうであれ、客観的に起こりうることは「起こりえてしまう」のである。

「進、このことを本隊に知らせて！　急いで!!」

「わかったわ」

新保が無線機を操作している間に、横槍はまず燃料の残量を確認する。そして周辺空域を。

どういうつもりかはわからないが、Z艦隊は戦艦のほかには駆逐艦が数隻しかなく、巡洋艦もなければ護衛の航空機もない。かのブロディーは「戦艦しか持たない海軍は機関車しか持たない鉄道のようである」と喝破《かっぱ》したが、眼下のZ艦隊はまさに機関車しか持たない鉄道にかなり近い状況だった。

二隻の戦艦は日本軍機の登場に、明らかに「動きだした」。それが水上偵察機ではなく、陸上機であることに対してだ。それは、近くに空母が存在することを意味する。

対空火器に動きがあったのを認めると、横槍は一気に急降下に入った。サイレンのような怪音を響かせ、スツーカはプリンス・オブ・ウェールズにまっさかさまに突っこんでゆく。戦艦上ではこのいまわしい記憶をともなう音に、将兵は少なくない恐怖を感じていた。誰もが爆撃を予測していた。覚悟していた。

しかし、実際に行われたのは砲撃だった。急降下してきた機体から撃ちこまれる三七ミリ砲弾の威力はすさまじかった。さすがにそれが戦艦の装甲を貫《つらぬ》いたりはしない。だが、戦艦のすべての場所が厚い装甲に覆《おお》われているわけでもない。スツーカと戦艦は結果的に、互いの機銃同士の撃ちあいのかたちになる。そしてスツーカの銃弾は、次々と戦艦プリンス・オブ・ウェールズの対空火器めがけて撃ちこまれていった。

スツーカもかなり破片を受けたが、撃墜にはいたらない。対して、スツーカからの銃弾はすべて戦艦に命中する。的の大きさの違いを考えるなら不思議はない。飛行機の速度が加えられるために、通常よりも大きな初速を持つ三七ミリ砲弾は、艦上から飛行機を狙う同口径の砲弾に比べて倍以上の威力の差があった。

機銃や高角砲の防循《ぼうじゅん》はやすやすと砲弾に貫通され、それらの対空火器を使用不能にしていく。砲弾は衝突の瞬間に装甲とともに周辺を液状化し、金属のかたまりとして防循を貫通し、反対側でなお暴れまわるためだ。

跳弾による人的被害も多かったが、致命的なのは、射撃指揮装置にも損傷を与えたらしいことだった。その部分から火災さえ生じていた。

そしてこれだけの仕事をやってのけると、横槍機はすぐに帰還体勢に入った。

「さて、戻らなきゃ、燃料もぎりぎりだわ」

「弾薬も使いきっちゃったし」

7

横槍機がZ艦隊を発見したという報告は、意外に早く近藤司令長官のもとに届いていた。横槍機は空母太陽に報告する。空母太陽では海軍との通信手段についての打ちあわせは何もできていなかったので、これを陸軍第二五軍司令部に通知する。

さすがに陸軍軍人でも山下中将はことの重大さを理解すると、すぐにそれを近藤司令長官へと転送する。こうして組織の頂上から頂上へリレーすることで、報告は予想以上に迅速に海軍側の知るところとなった。

伊号第六五潜水艦の報告よりもこっちのルートのほうがずっと早かったというのも不思議な話ではあるが、こういう状況は想定されていなかったため、逆に緊急避難的な処置が講じられる余地があったということだろう。実際、すべてが裏目に出る可能性だってあった。陸軍第二五軍司令部が北島の通商機動部隊からの報告を突きかえしたり、無視したりすれば、せっかくの情報もないに等しいことになる。たまたま山下中将がもののわかった人物だから、賽《さい》の目がすべてうまいほうに転がったにすぎない。

それをいえば、近藤なり小沢なりに逓信省の機動部隊——では必ずしもないのではあるが——との意思の疎通《そつう》を密にしようという思いさえあれば、北島哲郎もわざわざ陸軍に転送をゆだねるようなまねはしなくてもすんだのである。

このように多くの偶然によるものではあったが、Z艦隊の位置と方位は海軍の南方部隊の知るところとなった。もっとも、その針路などはおおむね彼らが予想していた海域であった。水上艦艇部隊がいますぐどうこうできる位置にはないことは相変わらずで、彼らとしては仏印の海軍航空隊にこれらの情報を伝える程度のことしかできなかった。

近藤司令長官の性格もあるのだろうが、彼らが行ったのはその程度である。強いていえば敵艦隊と遭遇した場合に、それが夜戦となるように速力の調整による時間合わせをしたくらいだろう。

彼らは陸軍第二五軍に特に礼を言うわけでもなく、通商機動部隊に感謝するでもなかった。作戦中に不用意な電波を出したくないというのもあるのだが、特に感謝する必要があるとは考えていなかったというのも事実である。海軍は、陸軍に協力することに関してはやぶさかではなかった。ただ、陸軍に艦隊戦に関する口出しをされるようなことは蛇蝎《だかつ》のごとく嫌っていた。特にこの場合は、Z艦隊が予想していた場所にいたこともあり、情報自体に重要性は感じていなかったわけだ。

陸軍よりも評価が低いのは、北島の通商機動部隊であった。軍人でもない部隊が索敵機を飛ばしたという時点で、彼らは反感を持ったらしい。だからその針路上に通商機動部隊が存在したとしても、近藤や小沢をはじめとして、司令部の人間たちはそれを冷笑的に見ていた。

「さっさと逃げればいいものを、なまじ飛行機などを飛ばすから、かえって敵に存在を知られてしまった。馬鹿な奴らだ」

それがその場の人間の考えであった。彼らにとって素人が海軍軍人の真似をするだけで笑止千万。敵に撃破されても自業自得。ただ、部隊の正面装備だけがもったいないというところだ。それは好意的に解釈すればプロの海軍軍人のプライドであった。彼らの住む「海軍村」の中では。

ただ、近藤や小沢が見のがしている点が一つだけあった。通商機動艦隊には自由意思があったということである。

8

「本当に行くんですか!?」

「あたりまえだ、このまま黙って殺《や》られるのを待っていられるか！」

「しかし、そんな……」

川島は北島指揮官の顔を見る。だが、指揮官は飛行隊指揮官を止めない。

「行かせてやれ。行くなと言って、行かなくなるような、そんなおとなしいタマじゃない」

「なっ、指揮官もそう言ってる」

北島正則飛行隊指揮官は、そう言うと飛行甲板に上がってゆく。

「指揮官……」

「商船改造空母で敵新鋭戦艦と闘うなんぞ、おれもばかげた話だとは思う。しかしな、速力も火力も向こうが上だ。駆逐艦の数はこっちのほうが上だが、水雷兵装はないに等しい。あの、陸軍からせしめた駆逐艦四隻に残ってるやつくらいだ。それだって定数の半分。こちらから奴らに何かできるといえば、航空機しかない。ビスマルクだって魚雷一本で運命を変えられたんだ。おれたちに何もできないはずはあるまい」

「しかし、危険すぎます」

「危険はわかってる。だがな、何もしないのもまた危険なんだ。それがおれたちの実情なのさ」

空母太陽には、あくまでも対潜作戦を意図して三〇キロや六〇キロの小型爆弾はかなり備蓄があったが、魚雷はそうではなかった。彼らの保有する航空魚雷の総本数は六本。「魚雷一本家一軒」といわれるほど魚雷は高価な装置であり、予算に制約のある通商機動部隊ではそうそう手に入れることはできない。

爆弾にしても魚雷にしても海軍からはもらえないので、非常にめんどうで煩雑《はんざつ》な諸手続きを経て、長崎の三菱の魚雷工場など、海軍に納入している工場から代金を払って購入したものなのである。その魚雷にしても、海軍優先ということで、いろいろといやみを言われながら確保したものだ。もちろんそういう状況であるから真珠湾で使った浅深度魚雷ではなく、昔からある九一式航空魚雷である。


北島飛行隊指揮官が飛行甲板に出たときには、すでに発着機部や兵器部の人間たちが出撃準備に追われているところだった。訓練はずいぶんやったが、本当に魚雷を装着し、出撃するのは今回がはじめて。そして魚雷の在庫を考えると、これが最後になりかねない。それだけに、魚雷を扱う人間たちの表情は真剣そのものだった。

彼らの目と鼻の先に、イギリスの最新鋭戦艦がいる。この魚雷攻撃が成功しなければ、彼らの運命は決まるのである。部隊で数少ない、魚雷を扱ったことがある下士官あがりの部員——下士官ともなると本当の意味での軍人で、天皇の官吏《かんり》でもあるのだが、それでもやはり「一身上の都合により」、海軍を去らねばならない人もいるのである——たちが、六本の魚雷をあたかも医師が患者を執刀するような面持ちで、最後の調整にあたっていた。

雷装している九七式艦攻は六機。だが空母太陽の上では、さらに六機の艦攻が出撃準備を整《ととの》えていた。むろんそれらは爆装となる。はたしてそんなものがどれほど役に立つのかは、はなはだ疑問ではある。しかし、そのとき、空母太陽に彼らの出撃を疑問に感じる者たちは一人もいなかった。なぜなら、彼らもまた運命共同体であるからだ。こうして一二機の艦攻がZ艦隊めざして飛んでいく。

「いいか、おまえたち、死んだ気になってしっかり偵察しろよ」

一二機の艦攻を率いるのは北島正則飛行隊指揮官その人であった。よく考えると、これもかなり無茶――役職と年齢の両面から――な話なのだが、出撃すると言いはる彼を止められる者はいなかった。息子が言ってもだめなのだ。赤の他人が言っても聞くはずがない。

それに現実問題として、空戦の現場に関して部隊で――横槍らはのぞいて――彼以上に知悉《ちしつ》している人間はいなかった。第一次世界大戦で本当に連合軍の一員として闘ったかどうかはさだかではないが、ともかくその技量だけは誰もが認めていた。しかも古参のくせに妙に最新機材に通じていることも、彼の判断を信じる根拠となっていた。

「航法はしなくていいんですか?」

航法席の小野がたずねる。彼は航空経験者ではなかった。それどころか、軍務の経験自体ないのである。商事会社で経理を担当していたある日、夢の中に観音様が現れたので志願したのだという。本当は陸海軍のどちらかに入隊したかったが、年齢《とし》が年齢なのと志願動機が動機なので、どこでも門前払いを食わされた。しかたなく、広告で見た通商機動部隊に志願したのが彼だ。

北島指揮官もこの男に何か感じるところがあった。飛行隊指揮官は門前払いをしたかったのだが、飛行隊指揮官はこの男に何か感じるところがあった。のちに語ったところによると、やはり彼の夢の中に観音様が現れたらしい。とりあえず航法をやらせてみると、天性の才能と経理で鍛えた計算力で非常に正確な測定を行った。実際、この男がどういう方法で航法を計算しているのかは不明ではあったが、大事なのは正しい結果が出ることだった。

「航法はおれがする。おまえらはともかく下を見てろ」

「おれもですか?」

と通信員の谷口。部隊でもっとも航空機無線に精通しているので採用した人間だ。ご禁制の短波ラジオを組み立てたり、どう見てもラジオではない金属板や電線のかたまりが、実はバリコンであり同調コイルであるという、妙な小細工にも長《た》けていた。だが彼の採用を決定づけたのは、陸海軍の航空機無線の傍受が趣味というところである。さすがに暗号は解読できないらしかったが、本当のところはわからない。無線電話に関しても、どこの部隊がどういう時期にどんな波長を利用するかまで割りだしていた。ある意味、生まれるのが半世紀ほど早すぎた男。

「おまえは、目を戦艦、耳は無線に集中しろ。敵が何か無線でさえずるかもしれないからな」

「合点《がってん》承知!」

北島は思う。人選をしたのは自分とはいえ、ハードウエアは軍用機でも、ソフトウエアには軍用機の影もない、と。

航法はおれがやると言いはしたが、北島も内心はいささか不安であった。実戦での航法など、ノモンハンでのゴタゴタのとき以来やっちゃいない。あのときは、ソ連領の内部に潜行し、そこでソ連軍の無線通信を傍受して、その結果を小型の無線機で日本に向けて通信していた。それは誰が見てもスパイでしかない。事実そうなのだ。見つかればソ連軍に銃殺されるのはもちろん、関東軍に発見されたとしても銃殺される可能性はあった。日本人であることを示すものを彼はそのとき何一つ所持していなかったからだ。そう、彼は存在しないはずの人間だった。

実際、本当に「存在しない」羽目におちいりそうな場面はいくつもあった。電波を傍受され、拠点を襲撃されかけたこともある。隠してあった飛行機を破壊され、ソ連軍機を奪って逃走することになり、陸軍の九七式戦闘機と闘わざるをえなくなったこともある。

そのとき、北島はためらわずにその友軍機を撃墜した。自分の存在は敵軍はもとより、友軍にも知られるわけにはいかない。そして自分の知っている情報を日本に持ち帰るためには、ノモンハンの空で死ぬわけにはいかなかった。ここで自分が九七式戦闘機を撃墜しても、死ぬのは一人の操縦士にすぎない。だが自分の情報を日本に伝えなければ、万単位の人間の生命を左右しかねないのだ。

数万は一よりはるかに大きい。単純な算術だ。北島正則は「情」ではなく「情報」のために、あくまでも算術に従って行動した。もっとも、撃墜は容易ではなかった。それだけその戦闘機の操縦士が優秀であったということになる。そんな人材は国家にとっても貴重である。が、そんな事実さえ、北島の決心を変えさせることはなかった。

もっとも、それほどまでして彼が日本に伝えたソ連の情報が当局者によりどれほど生かされたのか。それを思うと、北島にはあの操縦士を撃墜したことは失敗ではなかったかという疑問も浮かぶ。ノモンハン事変、そしてその後の関特演。彼のもたらしたはずの情報はまったく活用されなかった。ノモンハン事変は、陸軍史上かつて例のないほどの敗北を喫する。そして関特演もまた、陸軍史上例のないほどの機材と人材の無駄づかいに終わる。

あれからしばらく、北島は飛行機にさわるのもいやだった。だが、そんなわがままが通るはずもなかった。彼が国のために私情を捨て、その人間の人生の存在も無視して優秀な友軍のパイロットを殺したように、国もまた北島個人の気持ちや考えをいっさい斟酌《しんしゃく》することなく、彼を休ませることはなかった。

通商機動部隊は戦時経済を維持し国体を守るための、陸海軍からフリーな軍事力であった。そんな特殊な存在には、謀略の何たるかを知悉している人間が必要だった。彼にとって、これがお国に対する最後の奉公となるはずだった。だからこそ、彼は部隊の建設のためにはじめて表舞台で活躍した。すべては彼が強引にことを進めたかのように見えた。だがそんなはずがあるわけもない。シナリオはすでに書きあげられている。彼はそのシナリオの上で踊っていただけだった。

彼はそんなことを思いながら航法を行った。陸地の見えない外洋での航法は久々に行ったが、勘は鈍っていないらしい。彼が思っていたタイミングで小野が声をあげた。

「敵艦隊です！」

六機の艦攻は、三機一組になって急激に高度を下げはじめた。谷口はすぐさま黒板に北島の指示を書き記《しる》すと、それを振ってもう一方の艦攻隊に示す。獲物は戦艦プリンス・オブ・ウェールズ一隻。その一隻にすべての雷撃戦力を集中する。そのために二隊は左右より挟撃《きょうげき》する。指示の内容はそうしたものだった。

単縦陣で航行していたZ艦隊は、必ずしも効果的な防空戦闘を行える状況にはなかった。だがさすがにイギリスの新鋭戦艦だけあって、その対空火器の威力は激しいものがあった。そして北島の部下たちは、こうした実戦の場に足を踏みいれるのはこれがはじめての経験であった。

北島と別れた三機一組の雷撃部隊は、少なくとも彼らの主観では、十分に接近して雷撃を行ったはず

だった。だが、現実にはそれはかなり遠距離からの雷撃となる。左右両舷からの同時攻撃のはずが、タイミングも合わず距離も遠い。三本の魚雷は戦艦を大きくそれてしまった。

北島の位置からはそうした状況はわからなかった。ただ僚機であるはずの三機の艦攻が魚雷のないまま彼らの上空を通過したことで、彼は何が行われたかを推測することができた。

もっとも、彼はそれに対して腹も立たなかった。もとより戦艦を雷撃するようなことを彼らは考えてもいない。そんなことをするための部隊ではないのだ。

それに、北島は三機の艦攻が魚雷を捨てて戦場から脱出したような格好となったことも、ある意味ではよかったのかもしれないと思っていた。本来の任務で活躍もしないうちに、よけいな戦闘で命を失わせるわけにはいかないからだ。搭乗員の養成は簡単ではない。そしてそんな自明のことに、こんな場所で気がつく己《おのれ》の馬鹿さかげんがいやになる。

それでも北島組の三機は、あくまでも戦艦に接近してゆく。目の前の海面で何かがはじけた。それは六機の艦攻による水平爆撃の結果だ。何発かは海面に落ち、何発かは、みごとに戦艦をとらえた。

せいぜい六〇キロ程度の爆弾では、この巨大な艨《もう》艟《どう》を倒すことはできない。しかし、対空火器のいくつかは、この爆弾により、破壊されるか無力化された。北島らの目の前に突如として、対空射撃の止まった無風地帯のような道が開ける。

「いまだ!」

北島は、敵の対空火器が体勢を立てなおすまでの数十秒を利用して戦艦プリンス・オブ・ウェールズに肉薄すると、絶妙のタイミングで魚雷を投下した。残り二機もそれにならい、一気に機首を上げると敵の対空火器の勢力圏から逃れる。

眼下には三本の航跡がまっすぐに戦艦へと走る。すでに戦艦は針路を変更し、魚雷をかわすべく動いていた。だが巨大な慣性が、針路変更を容易には許さない。それでも、ようやく艨艟は針路を大きく変えつつあった。三本の魚雷はまさに、そんな場面で接近しつつあった。

最初の一本は、皮一枚というきわどいところではずれた。だが残り二本は次々と命中する。位置関係もあったのだろう、魚雷は艦首付近と艦尾付近に命中した。致命的なのは艦尾の魚雷だった。この魚雷により機関部にも浸水したほか、操舵装置が破壊され、戦艦プリンス・オブ・ウェールズは操艦不能となっていた。しかも艦首部からは大量の浸水があり、戦艦は、徐々に傾斜しはじめた。

「谷口、通信だ。暗号なんざぁ、どうでもいい。平文でいけ」

「はい、もう打電しました。陸攻隊に」

「陸攻隊？　何だそれは？」

「鹿屋《かのや》とか元山《ウォンサン》の海軍航空隊です。仏印の」

「どうやってそんな部隊に？」

「まあ、電波傍受で割りだしたんですけど」

「まさか、暗号でか？」

「平文じゃ信用してもらえないでしょ」

「おまえ……どうして海軍暗号を知ってるんだ？」

「強度の弱い海軍暗号なら、基本的な数学処理で解読できます。日本人が日本人の暗号を解読するんです。むずかしい話じゃありません」

「そっ、そうなのか……」

嘘ではないらしかった。北島らはすぐに九六式や一式の陸攻部隊と遭遇する。彼らは九七式艦攻を海軍のどこかの部隊とでも思うのか、すれちがうたびに翼を振る。戦艦に深手を負わせた艦攻隊に敬意を表しているのだろう。

この日、イギリスが誇るZ艦隊は、海軍航空隊の陸攻により潰滅《かいめつ》した。のちに「マレー沖航空戦」と呼ばれる戦闘でのことである。

この開戦の結果は、大本営海軍部により大々的に宣伝されたが、北島らの通商機動部隊が戦艦プリンス・オブ・ウェールズに深手を負わせていた事実は、「高度な政治的判断」により、国民の前からいっさい伏せられていた。

ことの真相が明らかになるのは、戦争も終わり、当時の日英の当事者たちが重い口を開きはじめてからのことである。ただし大本営海軍部の誰が「高度な政治的判断」をしたのかについてはそれから半世紀が経過しても明らかになることはなかった。

第五章 信用

1

「何となく敵地に乗りこむような感じだな」

「まあ、少なくともあちらさんは味方とは思ってくれてはいないでしょうね」

　空母太陽とそれをとりまく一二隻の護衛船は、昭和一七年八月、ラバウル港に入港しようとしていた。もちろん船舶の護衛のためである。すでに港内には彼らが護衛する予定の商船一二隻があった。

　そしてラバウルの湾内には、思ったほどの艦艇はなかった。大作戦が行われるという噂《うわさ》は聞いていたのだが、大型軍艦の姿はほとんどない。重巡の姿が見られる程度だろうか。

　そんな中では、通商機動部隊の空母太陽もなかなかの押しだしに見える。指揮官の北島と副官の川島は、デッキチェアを飛行甲板に並べ、そんなラバウルの港をながめていた。彼らの停泊場所は艦艇が停泊している場所ではなく、商船を停泊すべき場所である。海軍にとって、彼らは軍人ではなく、「商船の何か」にすぎないのだろう。

「しかしなあ、大作戦のために部隊を輸送するといっても、肝心の大作戦がどんなものかまったくわからないとはな」

「いまだに根に持たれているんですかね、マレー沖のこと？」

「どうだろうな。航空隊からは感謝されただろう。それよりもGFにしてみれば、自分たちの自由にならない空母が存在することが面白くないんだろう。そうでなくても、ミッドウェーで何隻か沈んだらしいからな」

　これより二か月以上前、ミッドウェー島で日米の機動部隊が激突し、日本海軍は一度に四隻の空母を搭乗員もろとも失っていた。しかし、海軍はこの事実を国民はもとより、陸軍に対しても隠しており、この時期には多くの国民が沈められた空母は一隻程度としか思っていなかった。海軍からの情報が遠い北島らも同様である。むろん彼は大本営発表など信じていなかったが、それでも海軍が一隻というから沈んだのは二隻だろうと思う程度で、四隻も沈んだとは知るよしもなかった。

「それにしても、ガダルカナル島の海図くらいちゃんとしたのをよこしてもいいんじゃないですか、そうでしょう、指揮官。あんないいかげんな海図ではなしに」

「どうかな、それは」

「どうかな、とは？」

「おれも元は航海科の人間だから、海軍の海図については それなりに知っているつもりだ。確かに地域によっては海軍も詳細《しょうさい》な海図は持っている。しかしなあ、ソロモン諸島だのガダルカナル島だのって、海軍の漸減邀撃《ざんげんようげき》作戦には出てこない地名だ。そんな場所の詳細な海図なんか、海軍にはあるまい。あの不完全なのが、現実だろう」

「それもずいぶん泥縄《どろなわ》のような……」

「おれが現役だった頃には、フィジーとサモアを占領して米豪の交通を遮断するなんて作戦構想など聞いたことがなかったぞ。艦隊決戦一本だった。なのにいざ開戦となると、こういう作戦が降って沸いたように実行される。作戦が泥縄なんだ、海図が泥縄でもしかたあるまい」

「それでも、補給はしっかりやろうとは考えてくれてるわけですね」

「ああ、ただ本国の仙道教授によると、どうも一度、輸送作戦でしくじってるらしい。数が合わないそうだ、海軍の徴用船のな」

いろいろと運用を重ねる中で、通商機動部隊は本国で情報を集める仙道教授と、北島と川島の現場部隊という役割分担ができはじめていた。軍の機密の壁を、川島の統計処理能力で突きくずそうというものだ。

もともとは、安全な航路帯を米潜水艦の目撃情報や能力から割りだすのが目的だった。そのためには、日本の占領地の間を移動する全船舶の動きを把握《はあく》しなければならない。そして川島は、その地道な作業を人も雇って実行していた。在泊中、航行中、沈没、そして竣工。そうした船舶の動きを彼は地図に書きこみ、計算をしていた。

このことは、意外な副産物を生んだ。補給物資の動きを追うことで、陸海軍の部隊移動と作戦構想がおぼろげに見えてくることだった。そして、存在すべき海域から消えている船舶により、作戦の成功失敗もわかる。

仙道らのやっていることは、解釈のしかたによってはスパイ行為でもあった。だから、北島は自分たちだけで通用する特殊暗号を編《あ》みだしていた。文章を暗号化するのに巨大な素数の積を使うというもので、川島と北島がそれぞれ鍵となるやはり巨大な素数を持っているというものだ。さいわいにも彼は数学の専門家で、巨大な素数のライブラリーを個人的にいくつも持っていた。

だから、通信室にはタイガー計算機が必須でもあった。仙道の計算では、鍵となる素数を知っていなければ、四、五年は休みなくタイガー計算機のハンドルを回しつづけなければならないらしい。そんな暗号を彼らは使っていたのである。

「つまり一度失敗したから、海軍は我々に？」

「というより、陸軍からねじこまれたらしい。我々を呼ばないと、ガダルカナル島の攻略に関して陸軍は協力できないとか何とかな」

「何かこう、もっとすんなり話が進まんもんですかね」

「最初からすんなり話が進むのなら、おれたちのような部隊を編成する必要はないだろう、違うか？」

2

昭和一七年夏。逓信省や内務省、商工省などの計算では、日本の戦時経済維持のためには最小限度で約三〇〇万トンの船腹《せんぷく》が必要とされていた。日本が開戦直前に保有していた総船腹量がざっと六三〇万トンで、陸海軍への割りあて量がその半数であったから、戦時経済はこれで問題ない——まあ、最低限度はだが——はずであった。そしてこの時期までは、すべてが順調に進んでいた……かに見えた。

確かに明るい兆候はいくつかあった。第一段作戦が予想以上の進捗《しんちょく》により終了したことで、陸軍側の船舶には余裕が生じていた。一部の船舶は民生用へと戻されたほどだ。

また二つの点から、戦争から半年の間の商船の消失量が、予想よりかなり低かったこともある。一つはアメリカ潜水艦の活動が大きく制限を受けていたこと。フィリピンに備蓄されていた二三〇本あまりの魚雷を失い、なおかつ潜水艦基地と前線までの距離が遠いうえに潜水艦そのものが少ないことが、南方の資源地帯での活動に大きな制約を課していた。

実際、常時稼働している米潜水艦の数はせいぜい一三隻——移動中のものは含まず——程度であり、月平均で攻撃を受けた商船の隻数も四〇隻に満たなかった。撃沈された船舶にいたっては一桁《けた》にとどまっていた。片手で数えられる月さえあった。

そしてもう一つは、通商機動部隊の活躍にある。ただ、これにも忘れてはならない逓信省側の指導があった。それまで海軍が輸送に無関心なこともあり、船団はその商船の持ち主である船会社が勝手に運行しているのが実情だった。それに対して逓信省は強い行政指導を行い、船団を編成することを要求した。これには国内でも抵抗はあったのだが、単独航行の商船が米潜水艦に襲われ、船団は無事という事実の前に沈黙した。船を沈められては元も子もない。

船団の規模が大きいほど護衛の効率が高いことは、大西洋の闘いでも証明されていた。空母をともない、駆逐艦かそれに類する艦艇一二隻の護衛戦力は、確かにアメリカ潜水艦の活動から船舶を守りきった。

資源が手に入れば生産力も上がり、商船の数も増える。逓信省はこの結果に気をよくし、陸海軍にも諮《はか》って通商機動部隊の増設を計画しているほどだった。

だがこうした明るい点とは裏腹に、無視できぬ問題も顕在化《けんざい》しようとしていた。なるほど、ジャワ、スマトラやフィリピンなどの資源地帯からの物資輸送は円滑《えんかつ》に行われていた。しかし、日本からラバウルまでのルートに関しては、船舶を護衛する戦力はないに等しかった。通商機動部隊が創設され、それが良好な結果をあげていることから、海軍は自前の護衛戦力の創設を中止してしまったからだ。

第二、第三の通商機動部隊の計画もあるなら、船団護衛は逓信省にゆだねる。海軍としてはそのほうが、拡大する一方の戦線を維持するうえで都合がよかった。拡大する戦域を前に、海軍には旧式駆逐艦といえども護衛任務などに割《さ》く戦力の余裕はなかったわけだ。

事実、この時期に失われた商船のほとんどが、サイパン—トラック—ラバウルを移動するラバウルルートのものである。ここなら護衛もなく、ブリスベーンに建設したアメリカの潜水艦基地からも近いのである。魚雷の問題も、単独航行の商船相手なら浮上して備砲で攻撃することができる。

このためマクロ経済的にはプラスに動いているのだが、中部太平洋方面の補給事情には致命的ではないにせよ、楽観を許さぬものがあった。

だがより深刻なのは、石油の問題だった。開戦前に計算され、陸海軍の間で計画された石油消費見込みと消費量実績との間で、二倍近いくるいを生じてしまったためだ。このことが何を意味するかというと、「日本が保有するタンカーでの石油輸送量以上の石油を消費している」ということにほかならない。

石油消費量を二倍近くくるわせたのは、海軍であった。海軍の燃料消費見込みは、航空機燃料で平時の四倍、艦艇燃料で二・五倍と見積もったものであった。陸海軍では海軍の燃料消費が平時でも大きかったことを考えると、その二・五倍とか四倍とかいっている数字の、さらに二倍近い消費量というのは尋常ではない。手持ちのタンカーの能力を超えるのもむべなるかな。

なぜ石油消費量が増えたのか。理由は簡単だった。南方の油田地帯をさっさと占領してしまったために、海軍は石油の節約をやめたのである。石油が手に入ったので、すっかり気持ちが大きくなり、石油の浪費に鈍感になったのだ。

たとえば戦前は原速の一二ノットで航行していたものが、通常でも一四ノット、一五ノットがあたりまえになり、ときには二〇ノットを超えることさえある。一二ノットが一五ノットになるだけで、燃料消費量は倍になる。対して、航続力は六割程度になってしまうのである。

またことは、単に速力だけの問題ではなかった。たとえば海軍の極秘資料「機関要覧」によれば、戦艦金剛の場合、巡航タービンを用いる運転と、主四軸運転の場合とでは燃料消費量が倍違った。いうまでもなく後者のほうが高速が出せる。そして戦時下に入るやいなや、戦艦金剛は巡航タービンによらずに航行するのが常態となってゆく。そしてこれは、戦艦金剛だけの問題ではなかった。

もちろん作戦上必要な速力は出さねばならないわ

けだが、しかし、重油消費量二・五倍というのはそれも加味したうえでの数字であったはずだ。戦時だから誤差もあるだろうが、それとて倍近い誤差というのでは、計画の妥当性そのものが疑われる。どう見ても緒戦の大戦果に浮かれ、浪費が増えた、小児的反応としかいいようがない。海軍兵学校を出たからといって、誰もが大人になれるわけではない。それは学校の成績とは別の話だ。

もちろん海軍の燃料事情の逼迫《ひっぱく》を真剣に憂《うれ》え、その対策のために命を削《けず》るような働きを強いられている人々は海軍にも少なくはなかった。しかし、海軍燃料廠《しょう》の技術士官たちはしょせんは「将校相当」官であって、兵科将校ではない。そして燃料を浪費するのは、その兵科将校なのである。

この燃料の問題が誰の目にも黄色信号——赤信号ととらえた人もいる——となったのは、ミッドウェー海戦の敗北後のことであった。空母四隻の消失もさることながら、連合艦隊はこの一回の作戦で、平時の一年分の燃料を消費してしまったのだ。このため昭和一七年度の「石油物動計画」は五二〇万キロリットルの需要だったものが、七二〇万キロリットルに策定しなおされ、しかも現実はそれ以上の燃料消費量となっていた。

それでも何とかやってゆけたのは、備蓄燃料を切りくずしていたためだ。海軍としては在庫を切りくずしたり、南方の部隊は現地で給油することにすれば、毎月三五万キロリットルの輸入があれば、何とか当面はしのげる計算ではあった。だが日本に可能な輸送量は最大で毎月二〇万キロリットル。差分の一五万キロリットルは、有無をいわさず在庫から切りくずすことになった。

この問題は緒戦の勝利に浮かれて石油を浪費している海軍にあるのか、それとも海軍の需要を満たせない石油タンカーの数にあるのか、解釈は立場によって違うだろう。ただどちらであったにせよ、これは通商機動部隊が「何かをどうにかすれば解決できる」ような問題ではなかった。問題の次元はそんなところにはない。

そして石油事情はどうであれ、軍令部や連合艦隊は作戦を進めていた。正規空母四隻を失ったのに、あるいは失ったからこそ、彼らは次の作戦を進めた。ガダルカナル島を占領し、そこに航空基地を建設することで、米豪の交通を遮断する。そのために陸海軍はすでに少なくない兵力を投入し、それと同時に無視できないだけの貨物船を失っていた。

統計的にいえば、海軍軍人、特に将校以上の戦死率の三倍近い率で、こうした船員たちは死んでいった。この違いは一つ、前者は命令を下し、後者は従う。そして本国では、多くの家族が路頭に迷った。船員は軍人ではないからだ。残された家族には何の補償もなかった。

そういう国のために、船員たちは海軍軍人よりも危険な状況に次々と飛びこんでいった。なぜなら彼らは軍人ではなかったかもしれないが、真の意味で海の男であったから。

しかし、それでも戦争に勝つためにガダルカナル島は占領されねばならなかった。少なくとも海軍の考えとしては。だから通商機動部隊に出動が要請された。逓信省も不本意ながら、それを了承した。いまのままの率で優秀商船を沈められつづけたら、しわ寄せは民生用の船舶にくるのは明らか。それは戦時経済に直接的に影響する。それが総力戦の闘いかただった。

3

ミッドウェー海戦の敗北後、連合艦隊の空母機動部隊編制は大きく変えられていた。ひと言でいえば、第一航空艦隊が単に思いつきで空母を集めただけの戦力にすぎなかったのに対して、新たに作られた第三艦隊は、空母とほかの艦艇群を融合させた一つのシステムを指向していた。それは、海軍の中心が戦艦から空母に変わったことを意味していた。

第三艦隊はハードウエアのみならず、ソフトウエアの面に関しても改善が見られた。情報参謀が新設されたほか、旗艦通信長が通信参謀を兼ねるなど、ミッドウェー海戦の戦訓から、通信・情報が重視されはじめた。

もっとも、空母機動部隊という戦闘システムの陣容は整《ととの》ったとしても、システム運用のノウハウはまだ決して十分とはいえなかった。第一航空艦隊から数えたとしても、艦隊システムにおける空母の集中運用の経験は海軍とて一年に満たない。何をどうすべきか、すべてはこれからであった。そしてそれは米海軍も同様だった。

「ミッドウェー海戦における最大の敗因は何か？それは作戦の戦術目的が明快ではなかったからです」

空母翔鶴の作戦室におけるガダルカナル島攻略に関する第三艦隊の会議でそう力説するのは、作戦参謀として着任したばかりの長井中佐であった。

「島を占領するのか、敵艦隊を撃破するのか、作戦目的が二兎を追ったことが、最大の敗因だったのです」

「作戦参謀、それは〝以前の第一航空艦隊は上下の意思の疎通《そつう》がはかられていなかった〟と言いたいのかね？」

そう気色《けしき》ばんだのは、草鹿参謀長であった。第三艦隊の新設により、幕僚機能は確かに強化された。反面、参謀長たる草鹿は、新顔の幕僚たちがまだよくわかっていなかった。経歴は書類でわかる。しかし、人物は議論を闘わせなければわからない。

「率直に申しあげるなら、そのとおりです」

「ばかな。着任早々ではわからないかもしれないが、我々の間でミッドウェー作戦について意思統一がはかられていなかったなど、ありえぬことだ。だいたい、あの作戦の主たる目的がミッドウェー島の攻略にあるというのは子供でもわかることではないか」

が、草鹿参謀長のその意見に、幕僚の一部に明らかな動揺が走る。それは草鹿にも意外な反応だった。

「島の占領があの作戦の目的なんだろ……目的だよね……」

「長官はいかがお考えだったのですか？」

「確かに島の占領は重要な課題だ。が、主要な目標となると、やはり敵艦隊かなあ……もちろん島を占領するという前提での話ではあるのだが……」

どうも状況は長井作戦参謀が言うように、微妙な展開を示しはじめる。

「ではみなさん、目を閉じて。はい、ミッドウェー島作戦の主目的が島の占領にあると思っていた方、手を上げて」

長井の指示に幕僚たちの何人かが低く手を上げる。ちなみにこれは恐る恐る手を上げているわけではなく、海軍艦艇は天井《てんじょう》が低いので手は高く上げないことになっているためである。大型軍艦ならそこまで神経質になる必要はないが、幕僚になるくらい海軍生活が長いとすっかり習慣になってしまうのだ。

「それでは、ミッドウェー島作戦の主目的が敵艦隊の撃破にあると思っていた方！」

南雲司令長官をはじめ数人が手を上げる。ただ、こちらのほうが人数は少ない。

「なるほどわかりました。さあ、もう目をあけてけっこうです。作戦を実行した第一航空艦隊司令部内ですら、みごとに二つに割れてました」

「作戦参謀！」

「何でしょうか、参謀長？」

「GF司令部はどうなのだ？」

「小職の口からはっきりとしたことは申しあげかねますが、GF参謀長の認識は、草鹿参謀長の認識と同じでありました。山本長官の認識は、南雲長官の認識と同じです」

こういう場合、笑っていいのか、嘆いていいのか、あるいは怒っていいのかわからない。ともかく、あまり望ましい状況ではないのは何となくわかる。

「まあ、過去のことはどうでもいい。我らがいま考えねばならないのは、今回の作戦のことではないでしょうか」

「むろんだ」

南雲司令長官に限らず、空母翔鶴にいる幕僚たちに、今度の作戦目的をはっきりとさせることに異存のあろうはずもない。だが、作戦目的の明確化はだんだんと妙な方向に動きだす。

議論の方向が動きはじめるきっかけは、通信参謀の報告だった。

「ガ島南方海上において、敵機動部隊の接近が認められたそうです」

それはフレッチャー中将の第六一任務部隊であった。八月二〇日の時点で、それらは空母サラトガ、エンタープライズ、ワスプの三隻の空母をともなっていた。ただ通信参謀のもたらした情報からは、空母の隻数まではわからなかった。米機動部隊の活動なら、複数の空母が予想されるだけだった。

「敵機動部隊か……」

「ミッドウェー島の敵《かたき》を討つなら、これを逃す手はないな」

幕僚たちのつぶやきに異議を唱《とな》える声はなかった。あの悲劇から、まだ三か月もたっていないのだ。実際第三艦隊にしても、あの海戦の敗北による熟練搭乗員不足をいまだ解消できていなかった。そして、解消できるはっきりとしためどもない。

「参謀長、この機動部隊を撃破できたなら、戦局は変わるか？」

「敵戦力が正確にわからない状況では憶測になりますが、米機動部隊もまた空母の集中運用の利点を知ったのであれば、三隻程度の正規空母がいると考えられるでしょう。ミッドウェーがそうでした。

そうであったとすれば、この機動艦隊を撃破できたなら、米太平洋艦隊に大型正規空母は一隻もなくなるはずです」

草鹿はこのとき、三隻の空母があるとすればエンタープライズ、サラトガ、ホーネットだと思っていたらしい。レキシントン、ヨークタウンはすでになく、残る大型空母はその程度だ。実際には空母ワスプが大西洋から太平洋にまわされていたのだが、彼らにはそこまでの事情はわからなかった。

「空母ゼロか」

米太平洋艦隊に空母がない。この状況は、日本海軍にとってとてつもない重要な意味を持つ。まず艦隊戦は圧倒的に有利になる。我は彼を攻撃できるが、彼は我を攻撃できない。主力艦を航空機で沈められることが明らかないま、空母抜きの艦隊は、空母を持つ艦隊の敵ではない。米海軍の行動は著《いちじる》しい制約を受けることだろう。空母の機動力により、連合軍の拠点を各個に撃破したり、洋上封鎖で自滅させたりすることさえ不可能ではない。

だがそれ以上に重要なのは、米海軍がしかるべき空母部隊を建設するまでの一年二年の間に、日本海軍は大量の熟練搭乗員を養成する時間が稼げるということだ。連日の消耗戦で錬成途上の搭乗員が無駄に失われることはない。豊富な石油資源――ただし輸送力は貧弱――を背景に十分な訓練を施《ほどこ》され、適度な実戦経験を積んだ搭乗員たちをそろえることができる。彼らの準備が整《ととの》ったとき、はじめて日本海軍はミッドウェー海戦の後遺症から立ちなおったといえるのだ。

そして大量養成した搭乗員たちがそろった頃には、太平洋の戦局も変わっているはずだ。空母機動部隊の威力により、FS作戦も成功し、ポートモレスビーも陥落《かんらく》。戦争からオーストラリアが脱落すれば、米太平洋艦隊の戦略は根底からくつがえされるだろう。

「確かにこれは千載一遇の機会かもしれぬ」

南雲司令長官は、表には出さないものの、誰よりも艦隊戦を望んでいた。ミッドウェー海戦での敗北。本来なら自分はそこで戦死するはずであり、また戦死すべきだったと彼は考えていた。だが山本司令長官によって、彼は依然として艦隊司令長官の職にすえられている。

人はそれを幸運と呼ぶかもしれない。だが、当の南雲には毎日が針のムシロだった。空母四隻を失い、それ以上に練達の搭乗員を失ったことが、その後の戦局にどれほど暗い陰を投げかけているか、彼以上に知る者は海軍にはいないだろう。

それだからこそ、彼は第三艦隊司令長官として、ミッドウェー海戦での国家に対する負債を返したかった。ここで敵空母三隻を撃破すれば、太平洋から米空母が消えてしまえば、ようやく彼は己《おのれ》の負債を完済することができる。

栄光や名声などは考えてはいなかった。漢《おとこ》南雲は、昭和一七年六月のあ、の、日に死んだのだ。いまの自分はご祝儀《しゅうぎ》で生きているようなもの。畢竟《ひっきょう》、この作戦で勝利とともに戦死しても、思い残すことは何もない。

「しかしながら、ガ島への第二梯団の輸送はどうなるのでしょう……」

一人の幕僚がそうした疑問を口に出しかけて、沈黙する。作戦室の雰囲気は、そんな質問をとうていい許すものではなかった。

「確かに、今回の作戦はガダルカナル島奪還のために第二梯団の輸送を支援するものである」

長井作戦参謀の言葉はともかく、その表情はすでに考えが「別にある」ことを示していた。

「しかしながら、戦局というものを無視することはできない。いまは闘うときなのだ。敵空母部隊にこそ我々がいるべき戦場がある。

そしてミッドウェーでの戦訓を省《かえり》みるならば、作戦目的は一つでなければならぬ。作戦目的が二つも三つもあっては、どれほどの戦力があっても成功はおぼつかぬ」

「第二梯団を捨てると……」

「そうではない。ただ、我が第三艦隊の主要な作戦目標が敵空母部隊であるというだけのことだ。

すでに知ってのとおり、第二梯団を護衛するのはあの例の逓信省の似非《えせ》空母部隊だ。素人の集まりだが、船団護衛の経験だけはある。船団の護衛など、連中にまかせておけばいいだろう」

その幕僚は、それでも簡単には長井作戦参謀の意見に同意しなかった。

「しかしながら、ガ島には敵部隊が飛行場を建設しています。素人同然の部隊だからこそ、敵航空隊に襲われることになったら、重大な事態を招きかねないと思いますが」

「似非空母部隊が攻撃されることで、何か不都合があるのかね？」

「不都合……？　第二梯団の輸送作戦が失敗する恐れが……」

「貴官は海軍軍人だろう。陸軍部隊の輸送と、敵艦隊の撃滅とどちらが大事だ？　むろん小職とて、第二梯団が無事にガダルカナル島に到達することを願うことでは人後に落ちぬつもりだ。しかしだ、我々は畏《おそ》れ多くも……」

と、ここで全員直立不動の姿勢になる。みな、学校でそう教わった。

「……天皇陛下の海軍であり、海軍軍人である。であれば、何よりもまず海軍軍人としての本分を尽くさねばならぬ。では、今次作戦において本分を尽くすとは何か！　それは敵機動部隊の撃滅である！　敵機動部隊をおびきだし、それを撃滅することこそ、かしこくも……」

再び全員直立不動。

「……天皇陛下の海軍軍人としての本分を尽くす道なのである！」

長井中佐には作戦参謀の多くがそうであるように、多分に自分で自分の言葉に酔いしれる傾向があった。

「ですが、作戦参謀」

「まだ何かあるのか？」

「第二梯団のことはさておき、敵機動部隊もまた自分たちが撃破された場合、この戦局が大幅に動くことは理解していると思います。はたして米機動部隊が第三艦隊が動いている中で、出てきてくれるでしょうか」

「自分たちが有利だと考えたなら、出るだろう」

長井作戦参謀の意図をまっ先に理解したのは、南雲司令長官であった。

「似非空母部隊を囮《おとり》にするというのだな」

似非空母部隊とは、いうまでもなく北島らの通商機動部隊である。そしてこの作戦では、彼らが第二梯団の護衛を行うことになっていた。だから通商機動部隊を囮にするということは、第二梯団を囮にするということとほぼ等しかった。

「作戦目的を一つに絞る。二兎を追わないということです。敵機動部隊の撃滅が最優先課題であれば、すべての戦力をそれに投入する。それだけのことです」

もちろんその「すべての戦力」に北島の部隊は含まれていない。逓信省の護衛部隊など、海軍力には入らない。それが海軍の認識だった。

ただこのことは、本来の作戦目的からの逸脱を意味していた。もともとはガダルカナル島の陸軍部隊に対する増援が目的で始まったはずの作戦。いや、根本をいえばガダルカナル島は海軍戦略の必要性から戦場となった場所だった。

にもかかわらず「作戦目的を一つに絞る」という、それだけ聞けば理にかなった方針が、いつの間にか敵空母撃滅のための作戦に変質してしまう。それどころか、当初の作戦の主目的であった「第二梯団の輸送」はすでに「囮部隊」へと大幅に後退しようとしていた。

「いくらなんでも第二梯団を囮とするのは、今後陸軍との協力関係を考えるうえでもまずいのではないか」

草鹿参謀長の疑問に、長井作戦はあくまでも「作戦目的の一本化」の姿勢を崩そうとしない。ただ、さすがに、参謀長相手ではそれなりの対案も提示はする。

「第二梯団を結果的に囮同然にすることは、必ずしも第二梯団の護衛と相反するものではありません」

「護衛と相反するものではない？　それでは作戦目的の……」

「もちろん、一本化とも矛盾《むじゅん》はしません。第二梯団にとって、最大の脅威《きょうい》は何か。敵機動部隊の存在です。したがって我々が早期に敵を発見し、それを撃破するならば、第二梯団に対する脅威は消滅します。これは決して二兎を追うものではありません。作戦目的を一つに絞った結果として、もう一つの作戦目的も達成可能であるということなのです」

作戦室内に、ある種の安堵《あんど》感のような空気が流れたのは事実であった。敵艦隊の撃滅も、作戦目的の一本化も、幕僚たちには反対する理由はない。が、その結果として第二梯団を見捨てるがごとき行動もまた、彼らの望むところではなかった。第二梯団も、助けられるなら、それに越したことはない。もっともこうした考えかたが、二兎を追う作戦ばかりを量産する結果になるのではあるが。

「ガダルカナル島の航空兵力はどうなります。そこからの攻撃には第二梯団は……」

「その程度の攻撃は似非空母部隊でも何とかなるだろう。それに島からの攻撃は、近海まで接近しなければ考える必要はない」

「しかし……」

「貴官はどうして、そうものごとの悪い面ばかりを考えるのだね。いまこそ攻勢のときだ。積極的な攻勢の中に勝利がある。悲観論、それすなわち敗北主義である」

さすがに、作戦参謀から敗北主義者呼ばわりされてまで異論を唱える幕僚はいない。こうして、のちに「第二次ソロモン海戦」と呼ばれることになる一大作戦は、作戦目的を一つに集中した結果、第二梯団を囮とし、敵機動部隊をおびきよせ、それを撃破するというシナリオで落ちついた。

この作戦方針に従い、第三艦隊は近藤司令長官の第二艦隊と合流するとともに、索敵と搭乗員の救難目的に一部の駆逐隊を主隊に先行させる以外は、すべて三隻の空母の周辺に配置されるかたちとなった。もっとも陣形自体は輪形陣ではなく、二本の縦陣が空母をはさみ、その前後に横陣となった艦艇群がつくという升字形《ますじけい》をなしていた。個々の艦艇の間隔も広い。特にそれは横陣で顕著《けんちょ》だった。もっとも、前の横陣に比べて後ろのそれはかなり短いものであり、升の字というよりT字型が近いのかもしれない。

陣形をこのようなやや変則的な形態にしたのは、空母の数に比して護衛艦艇がいささか多いためであった。艦隊において護衛艦艇の数は多ければいいとは必ずしもいえない。かえって艦隊運動に支障をきたす場合があるからだ。縦陣を基本としたのは、多数の艦艇が空母に合わせて艦隊運動を行うのに都合がよいと判断されたためだった。基本的に日本海軍の艦艇の運動は、縦か横であり、輪形陣という発想はまだなかった。

また、これにはミッドウェー海戦の戦訓も影響していた。間隔を広くあけるのは、敵をより早く発見し、空母部隊の出撃のために時間を稼ぐためである。また広範囲に展開していれば、友軍機が無線封鎖の状況で機位を見うしなっても、前衛の艦艇を発見できるなら、空母へ帰還することができた。

さらに、従来は雷撃が中心であった日本海軍航空隊は、ミッドウェー海戦以降、艦爆を中心とするようになっていた。ただ艦爆では、敵主力艦の戦闘力を失わせることは可能であっても撃破はむずかしい。そこで手負いの敵艦を前衛部隊が砲火力や雷撃力で撃破するという意味もある。

このことの裏返しだが、前衛の横陣は攻撃だけでなく広い意味での防御も行う。つまり、敵航空隊の攻撃を前衛に吸収させるのである。それだけ防御の脆弱《ぜいじゃく》な空母への圧力が弱まるというわけだ。

近藤司令長官の水上機母艦千歳などもともなっており、索敵は当面、これにより行われることとなった。いましばらくは空母の存在を伏せておきたいという判断からである。またラバウルなどからも、陸攻や飛行艇などが索敵に協力する手はずとなっていた。

ともかく第三艦隊は、敵空母部隊との攻撃に備え万全の態勢を整えつつあった。だが作戦目的のこうした変質を、肝心の第二梯団も、それを護衛する通商機動部隊も、第三艦隊からその事実を知らされることはなかった。

囮に真相を知らせないという判断は、ある意味では正しいのかもしれない。それでも第三艦隊は一つの事実を見のがしていた。真相を知らせないという判断は、円滑《えんかつ》な意思の疎通《そつう》をはばむ行為であるということを。

4

昭和一七年八月二三日午前七時五〇分頃、北島指揮官の通商機動部隊はガダルカナル島北方四〇〇海里付近を、一二隻の輸送船をとりかこむように航行していた。さいわいにもラバウルからここまで敵機に発見されることもなく、航行を続けることができた。もっとも、ラバウル近郊は日本海軍航空隊の縄張りだ。敵機と遭遇することはそうそうない。むしろ何かあるとすればこれからだと、部隊の人間たちは誰もが思っていた。

「右舷後方に航空機！」

それを発見したのは、空母太陽の見張員であった。すぐさま、その事実は機動部隊および貨物船団全体に通知される。

部隊の上空には、常時四機の艦戦が哨戒《しょうかい》飛行についていた。できればもっと出していたいところだが、補用を除いて一二機しかない艦戦をやりくりすることを考えるなら、四機という数字は限界に近い。

「航空機の正体はわかったか？」

「米海軍の飛行艇です。どうします？　撃墜しますか？」

艦戦からの無線電話の問いあわせに対して、飛行隊指揮官の北島正則は、いささか意外な指示を出す。

「撃墜はするな。いましばらく泳がせておけ。そのかわり警戒は怠《おこた》るな」

空母太陽は、羅針艦橋も戦闘指揮所も作戦室も兼用だった。人がいないからである。危険分散ができるほど、海軍将校経験者がいないのである。

そういう船であるから、飛行隊指揮官の出した指示は、そこにいる全員の知るところとなる。

「撃墜しないのか？」

「いまはな、指揮官」

「とりあえずこのまま南下を続ければいいわけだな」

「さすが、わかってるな」

「兵法の初歩だろう。副官、もっとも遅い船はどれだ？」

「ゆぐそーとふ丸が一番遅いそうです。最大で一四ノット」

「よし、ゆぐそーとふ丸に合わせて、速力一四ノットに増速する。船団全体にそう伝えるんだ」

通商機動部隊と一二隻の貨物船は、ここでいっせいに速力を二ノットではあるが原速より上げはじめた。少しでも早く目的地に到着するように……少なくとも上空の飛行艇からはそう見えたはずである。

もっとも二ノットとはいえ、船団の速力を上げるのは、そう簡単なことでもなかった。一二隻の貨物船は一つとして同型のものはなく、それぞれバラバラだったからである。いまは二ノット程度の増速で、しかも直進であるからいいようなものの、それでも船と船の間隔が乱れるのは避けようがなかった。

飛行艇からは二ノットの増速よりも、船団のこうした隊列の乱れのほうがわかりやすかった。むしろ実際の増速以上の運動を行ったような印象を与えたかもしれない。

何より重要なのは、針路変更ではなく、針路を維持したままの増速であったことだ。

そして上空を哨戒していた艦上戦闘機は、ここでようやく動きだす。いかにも不慣れな操縦員であるかのように、ぎこちない動きを相手に見せながら、それは接近した。そしてあえて二〇ミリ機銃を使わずに七・七ミリ機銃だけで、カタリナ飛行艇を銃撃した。

カタリナ飛行艇の側も必死に防戦する。こちらも七・七ミリ機銃である。少なくともカタリナ飛行艇の側から見れば、対空戦闘はそれなりの効果を持っているようだった。

おそらく彼らは零戦のぎこちない動きと、自分たちの必死の銃撃から、この場から生還できるという希望を持ったに違いない。すでに燃料タンクにも被弾し、胴体にも少なくない銃弾が撃ちこまれている。それでもカタリナ飛行艇は飛びつづけていた。

不思議なことに四機いるはずの零戦は、この一機にだけ戦闘をまかせ、まるで連携しようという意思がないようだった。あくまでも自分たちの担当エリアだけを愚直なまでに守っているように見える。

ここでカタリナ飛行艇の搭乗員たちに、ある種の予断が生じたとしても無理はない。自分たちは先のミッドウェー海戦での勝利によって、日本海軍の空母四隻と搭乗員を日本海軍の戦力から奪うことに成功した。すぐれた搭乗員を一挙に失ったいまの日本海軍なら、仲間と連携できない融通性のない闘いかたや、稚拙《ちせつ》な攻撃しかできない戦闘機操縦員がいたとしても不思議ではない。

カタリナ飛行艇の搭乗員たちは、そう考えた。それを疑うことはしなかった。実際のところ、彼らとて日本海軍航空隊について、それほどの知識があるわけではない。

決定的だったのは、零戦側の攻撃が終わったときだった。銃弾を撃ちつくしたのだろう、零戦は一度は絶好の射点に位置しながら、一発も撃たなかった、いや撃てなかった。

弾の出ない機銃を持った戦闘機に、上空を飛んでいる意味はない。その戦闘機は翼をひるがえすと、空母へと戻ってゆく。

そのチャンスをカタリナ飛行艇が見のがすはずがない。すぐさま彼らは、日本軍の船団から離脱してゆく。そして、それを追う戦闘機の姿はなかった。

「通信室、どうだ？」

「傍受しました、いま解析中です」

「どれだけかかる？」

「あと一〇分ほど」

「五分でやれ、船団の運命がかかっているんだ！」

北島指揮官のもとに結果が届いたのは、三分四〇秒後のことだった。

「通信相手は北東の方角です」

「よしわかった、ご苦労。それと」

「何でしょうか？」

「よい仕事をしてくれた、指揮官として礼を言う」

「給料分の仕事です」

このとき、通信室には飛行長の部下の通信員である谷口が詰めていた。軍隊のようなセクションにうるさい組織ではないし、そもそもセクションにこだわれるほど、人材が豊富なわけではない。秀《ひい》でた技能の持ち主は、あちこちでお呼びがかかる。谷口も無線通信への特殊な技能と豊富な——ときに豊富すぎる——技能からこういう局面では通信室が定位置であった。

北島指揮官はカタリナ飛行艇に自分たちの状況を報告させるにあたり、その無線傍受も命じていた。谷口に米海軍の暗号が解読できると思うほど北島指揮官も脳天気ではない。ただ銃撃を加えたり、執拗《しつよう》に攻撃を行うことで、無線電話による交信などが行われる可能性がある。それを彼は待っていた。

そして案の定、飛行艇の通信員は無線電話でも緊急事態を告げていた。彼らの通商機動部隊に対する認識は、おおむね北島がそう見せかけたいと思っているとおりだった。

「日本艦隊は南下の速度を上げている」

北島としては、自分たちの空母を見て艦隊と思われたことに面《おも》はゆい気持ちもしないではない。海軍軍人の経験からすれば、自分たちの部隊は艦隊なみの戦力を持つが、艦隊とは違うものだろう。少なくとも海軍の艦隊ではない。

飛行艇の通信も確認できたが、なおかつそれに対する返信も傍受できていた。さすがに返信までもが無線電話ではなかった。だが、その通信の方向はほぼ把握《はあく》できていた。

彼らは谷口の意見を容《い》れ、大型商船の無線アンテナの張りかたにちょっとした工夫を施《ほどこ》していた。動物園の象の檻《おり》のようにアンテナを張りめぐらせたのである。何しろ最前線では、海軍の艦隊や根拠地隊からの情報支援は期待できない。ならば、敵に関するあらゆる情報は自前で収集するに越したことはない。すでに北島らは、情報に関して他人に頼ることはやめている。逓信省からの情報もないではないが、そっちは日本国内が中心で、いまの状況ではあまり役に立たない。だからこんな装置や施設も常備していたのだ。

北島哲朗にはくわしい原理のほどはよくわからないが、谷口によると、アンテナの張りかたと組みあわせで、特定の方向の受信感度だけを上げることができるらしい。船団にはそんな船が二隻ある。

さすがに全周を一隻でカバーするのは無理なので、二隻で分担するわけだ。それでも二隻で三六〇度とはいかず、多少の死角はあるわけだが、実用上は問題はないはずだった。本当は空母太陽の飛行甲板全体を使えるのが理想だが、それでは空母として使えない。

北島指揮官はともかく船団の針路を北東ではなく、北西に変更する。相手は自分たちが南下していると思っているので、相手の動きも加味すると、これで正反対の方向に回避したに等しいことになる。

船団の針路変更を行っている間、北島は谷口からの詳細《しょうさい》な分析を電話で受けとっていた。

「まず飛行艇は、来た方角と帰還した方角から推測して、サンタクルーズ島付近からのものと思われます。飛行艇基地くらい、米海軍が設置しても不思議はありません。実際、サンタクルーズ島からの通信もありました」

「〝通信も〟ということは、それ以外の通信も傍受したわけだな。ガダルカナル島からの通信か？」

「いえ、ガダルカナル島ではないんです」

「じゃあ、どこの島だ？」

「該当《がいとう》する島嶼《とうしょ》はこの近海にはありません。そもそも、波長帯が米海軍艦艇の波長です。確実なことはいえませんが、航空機と円滑《えんかつ》な通信が可能な艦種というと、限られてきます。最低でも航空機と通信する必要がある、つまり航空機を搭載している軍艦。巡洋艦か戦艦あるいは……」

「航空母艦、か？」

「とは断言できませんが、空母がいると考えて行動したほうが、空母がいないことを期待するよりましだと思います」


米海軍の空母がいるかもしれない。それは彼らにとって非常に重要な問題だった。空母といえば、空母太陽だって空母には違いないが、それは軽巡と戦艦を同じ軍艦だというのに等しい。まして、空母太陽はもともと商船だった船だ。

米海軍の大型正規空母の中には巡洋戦艦のつもりで建造して、軍縮条約のために空母に改造しましたなんて船まであるのだ。防御その他《た》、そうした正規空母と比較する気にもならない。そんな連中と真正面からぶつかるなど正気の沙汰ではない。

確かに開戦時のマレー半島沖では戦艦に雷撃をしかけたりもしたが、あれは両艦隊がどう考えても正面衝突するという状況において、生存するための唯一の選択肢として行ったものだ。さいわい、あのときは海軍航空隊がZ艦隊を撃破してくれたが、今回はそうそう都合よくはいかないだろう。

実はこれもいささか信じがたい話ではあるが、北島は海軍の第二艦隊や第三艦隊がどう動くのかについて何も知らされていなかった。それどころか、その艦隊としての戦力の実情さえ教えられていない。トラック島やラバウルに有力艦隊がある。わかっているのはそれらの部隊の一部が「動いているらしい」ということだけ。指揮官が南雲か近藤かもわかっていない。ある意味で米太平洋艦隊のほうが、北島たちよりもよほど実情をより正確に把握《はあく》していただろう。

ともかく彼らは針路を変更する。うまくゆけば米空母部隊はまったく見当違いな場所に攻撃の矛先《ほこさき》を向けるはずだ。

第二梯団が針路変更を何とか終えた頃、空母太陽では新たな動きが始まっていた。

「本当にこいつも出すんですか?」

「敵部隊の動きかたいかんによっては、こいつにも飛んでもらわねばなるまい。開戦からこっち、何があるかわからないから念のため押しこんどいてよかった」

「そりゃまあ、わかりますけどね」

そう口にしながらも、空母太陽の整備長の稲葉は決してその命令をいやがってはいなかった。北島飛行隊指揮官は、当然それを見越している。

彼らが格納庫の中で問題としているのは、一機の複葉機。例の、陸軍の戦利品だったソードフィッシュ雷撃機である。正確にはマレー半島上陸からシンガポール占領までの間に、彼らは半壊状態のものを二機手に入れていた。それらはエンジンその他の部品とり用として完全に解体され、部品としてストックされている。その「部品」の中にはイギリス製の航空魚雷も二本ほど含まれていた。

「で、どうだ、出せるか?」

「出せるように整備するのがこちらの仕事でね。飛べるかと言われれば〝飛べる〟と答えますよ。そういうふうに整備してある」

「よしよし、上々だ」

「ただね」

「ただ、何だ？」

「本当に索敵だけで終わるのかね？」

「どういう意味だ？」

「どういうも、こういうも、額面どおりの意味さ。マレー半島のときみたいに艦攻で戦艦プリンス・オブ・ウェールズを撃沈したのに味をしめて、またぞろこいつで雷撃なんて馬鹿なことを考えているんじゃないかと思ってね、どうです？」

意味ありげに笑う稲葉に向かって、北島飛行隊指揮官は答える。

「臨機応変が戦術の基本だ。それに雷撃機が雷撃して何がおかしい？」

第六章 運用

1

米海軍の第六一任務部隊は、日本海軍の空母部隊と一二隻の輸送船団がガダルカナル島に向けて南下を急いでいるという、カタリナ飛行艇からの報告にすぐさま反応した。

空母サラトガ、エンタープライズの二隻から五〇機以上の戦爆連合が最初の攻撃部隊として次々と発艦する。彼らはほんの数か月前とは打ってかわって自信に満ちていた。ミッドウェー海戦での勝利の経験が、彼らに自信を与えていたのである。

真珠湾からの半年間というもの、連合軍は世界中のあらゆる戦線で劣勢に立たされていた。太平洋においてアメリカは勝利を得ることができるのか、この時期は誰一人としてその問いに何らかの裏づけとともに「しかり」と答えられる人間はいなかった。日本人は超人ではないのか。日本軍は不敗ではないのか。そんな意見さえ、ないではなかった。

だがミッドウェーがすべてを変えた。日本人とて人間にすぎず、日本軍を敗北させることはできる。そんなある意味であたりまえのことを、彼らは「実感」として確認することができたのである。

それゆえに彼らは、カタリナ飛行艇の発見した機動部隊を撃破することに一片の疑問も抱いていなかった。空母四隻の部隊を潰滅《かいめつ》させた自分たちの力をもってすれば、空母一隻くらい何ほどのことがあろうか。

だが、彼らの期待は空振りに終わる。カタリナが報告した海域には空母はおろか、浮いているものといえば流木さえ見あたらなかった。

「航法に間違いはないのか？」

「何度も確かめた。間違いはない」

「なら、どういうことなのだ？」

ここまでサラトガとエンタープライズの航空隊は、比較的整《ととの》った隊列で目的地に向かっていた。だがあるはずの日本艦隊が存在しないという事実が、まがりなりにも一つの航空戦力を維持していた彼らを分散させる結果となる。

サラトガ隊とエンタープライズ隊は、ここで各個に索敵を開始する。だが彼らには、あくまでも日本艦隊はガダルカナル島をめざして南下しているという先入観があった。彼らは燃料の限界まで索敵を行うが、結局のところ、日本艦隊を発見することはできずに終わる。

そして、若干の機体は燃料切れで不時着を余儀なくされることになる。そうでない機体にしても、爆弾や燃料は無為《むい》に海中に投棄しなければならなかった。そんなものをかかえたまま空母に着艦などできない。

こうして空母戦の第一波は第六一任務部隊の徒労というかたちで終わりを告げた。

2

「大当たりのこんこんきち！」

谷口が通信室から北島司令官にかけた電話の第一声はそれだった。

「おまえなあ、いくらなんでも、そういう口のききかたは……」

「口のききかたで説教垂れたいなら、軍艦でやってくれ」

北島はこういうときだけ、海軍の規律がうらやましくなる。まあ、自分が上官の立場の場合だけだが。

「……それで、何が大当たりだ」

「敵の無線を傍受した。少なくとも、空母サラトガとエンタープライズがこの近辺にいるらしい」

「サラトガとエンタープライズだと!?　そりゃ、敵さんの大型正規空母じゃないか。そいつが二隻……」

「〝最低でも二隻〟だ。連中、我々の姿が見えないから、かなりあせってるぜ。無線電話で母艦と頻繁《ひんぱん》に交信している」

「位置はわかるか？」

「わかんねえよ。こっちでわかるのは電波の出ている方角だけだ。でな、それぞれの航空隊でバラバラの索敵を開始している。それも、明後日の方角をな。いまのままなら敵に発見されることはねえ」

谷口はそうは言ったが、北島としてはいつまでもいまの航路を維持するつもりはなかった。自分たちの身はそれで安全だろうが、肝心の第二梯団の輸送はまったく進まない。

すでに上陸している部隊は、自分たちの補給物資や増援を死ぬ思いで待っているはずだ。ならば、一刻も早く第二梯団をガダルカナル島へ送らねばならない。

「針路を戻し、南下する」

それが北島の下した結論だった。いまの位置から南下すれば、おそらくは敵の索敵にもかかるまい。燃料と航続距離の問題から、敵の索敵はかわせるはずだった。

「それは甘いな」

北島正則はそう言って、息子の意見に異を唱《とな》える。

「確かに敵の索敵をかわせるかもしれない。しかし、敵が燃料切れを覚悟で索敵を続ければ、発見される公算は高い。いいか、相手は飛行機、こっちは船だ。それも三〇ノットを出しているような高速艦艇ならいざ知らず、せいぜい一四ノットしか出せない商船部隊だ。機動力にそれほどの信は置けんだろう」

「ならどうする。ガダルカナル島から離れろというのか？　それでは第二梯団の輸送はどうなる⁉」

「誰も、第二梯団の輸送をあきらめろとは言ってはおらんぞ。いまのまま南下しても敵の索敵に引っかかる恐れがあると言っているのだ」

「飛行隊指揮官は、つまりもっと迂回《うかい》しろと？」

「副長の方法も、我々が機動力で航空機に劣るという前提の中では決定打にはならんな。それに大きく迂回することは、逆にガダルカナル島からの索敵に発見される可能性を高くするだけだろう」

北島は息子の勘で、自分の父親がきわめて非常識な作戦を立てたことを感じていた。この親父が馬鹿なことを考えたときには、臭いでわかる。

「何をたくらんでいる？」

「たくらむ？　軍略と言ってほしいね。空母やガダルカナル島の航空隊の目をそらせる軍略だ」

3

「どうでもいいですけどね、一人でできないんですかね？」

伝声管を使って谷口はさんざんに愚痴《ぐち》る。しかし、操縦席の飛行隊指揮官の北島正則には馬耳東風、馬の耳に念仏、暖簾《のれん》に腕押し、蛙の面《つら》に何とやら。

「三座機なんだ。人間が三人乗って何がおかしい？」

「そういう問題じゃなくて、複葉機で敵部隊に攻撃をしかけるという発想を問題にしてるんだよ」

「だいじょうぶですよ、谷口さん」

と航法席の小野。

「どうしてだいじょうぶといえるんだ？」

「夕べの夢の中に、観音様が現れたんです。だから……」

「おい、飛行隊指揮官。こんなこと言ってるが、だいじょうぶなのか？」

「だいじょうぶだ、おれも夕べ同じ夢を見た」

「ねっ、この飛行機は観音様に守られているんですよ」

「おまえらなあ……おれはそんな夢なんか見てない

「谷口！」

「何だよ」

「短いつきあいだったが、おまえはいい奴だった」

「おい、何だよ、その〝だった〟って過去形は」

「安心してください谷口さん。あなたのことは忘れません」

「勝手にしろ！」

「そうか、谷口君もようやく攻撃に同意してくれたわけだな」

「……」

そのとき、北島らはソードフィッシュ雷撃機に乗って低空を飛行していた。谷口には北島飛行隊指揮官が敵を攻撃に出ると言いだした点でも納得できなかったが、それをよりによってソードフィッシュで行うと言いだしたときには、何を考えているのかさっぱり理解できなかった。

空母太陽には九七式艦攻だってあるのだ。ソードフィッシュで危険なものが、九七式艦攻で安全になるわけでもあるまいが、それでも同じ攻撃をかけるなら、より高性能の機体で行うのがセオリーというものだろう。にもかかわらず、彼はこのイギリス製の複葉機を使うという。

「なあ、飛行隊指揮官、いまさらだがな」

「どうして、よりによってソードフィッシュで飛ぶのかと言いたいのか。確かにいまさらな質問だな。そんな質問は出撃する前に言うもんだぞ」

「悪かったな、本気だとは思わなかったんだよ、いくらなんでも」

「どんなことでも責任を持って本気で取り組むのがおれという男の生きざまだ」

「息子の教育は？　息子のしつけは？　父親として息子の人格形成については？」

「すまん、ちょっと眠っていたらしい。何か言ったぞ」

か？」

「……目を開いて操縦桿握ってくれよ。で、どうなの？」

「夢の中で観音様が〝これに乗れ〟とおっしゃったんですか？」

「……とりあえず観音様は関係ないが、小野の夢ではそう言ったのか？」

「まさか、夢の中で観音様がそんなこと言うわけないじゃないですか」

「そ、そうだよな。まあいい、もう口で説明する必要もなさそうだ。そろそろ敵艦隊にぶち当たったぞ」

それは空母ワスプを中心とする前進部隊であった。本隊である空母エンタープライズとサラトガはこの後方にある。そうでなければ、こんな短時間に敵艦隊に遭遇するはずがなかった。

北島正則もそれは考えないではなかったが、まあ、とりあえず結果オーライ。

さすがに谷口も、ここまできては文句も言わない。夢の中に観音様が現れたとか言いだすような奴らに自分の命を託すなどごめんだ。だから彼は自分の決心で動きだす。

谷口はいきなり無線電話の周波数のダイヤルを操作すると、流暢《りゅうちょう》な英語で何か叫びだした。

「機長、谷口さんは何を言ってるんですか？」

「やっぱり乗せてきて正解だ。こいつ、米軍機になりきってる」

これも日頃の鍛練《たんれん》か。日本では海外の短波放送を個人が傍受するのは非合法な行為であったのだが、谷口はそんなことにはおかまいなく海外の通信を傍受していた男。どこで学んだかを言うのはまずいので英語が流暢なことは黙っていたらしいが、背に腹は代えられない。「何とか」という米軍の巡洋艦搭載の偵察機がエンジン不調でやってきたというようなことを、ひそかに傍受していた米軍の無線電話の符丁《ふちょう》もまじえて、大声で叫びだす。

どうやら谷口が口から出まかせに流した巡洋艦は、本当にこの海域のどこかにいるらしい。そしてあろうことか、どうも本当に索敵任務に出しているようなのだ。

北島がそういう背景をざっと説明してやると、航法の小野は、「ああ、これも観音様のおかげ」と両手を合わせる。

米海軍も巡洋艦の偵察機などには、いまだに複葉機が使われていた。それにさすがに米海軍も、いまどきの日本海軍の空母艦載機に複葉機は存在しない程度のことは学んでいる。そのつもりで見てしまうと、魚雷もフロートに見えるから不思議。なおかつ機体の色は、米軍機っぽく塗られていた。色の指示はもちろん北島正則が行ったが、この時点で彼が最初からだまし討ちを考えていたことがわかる。

しかし、ともかくこのだまし討ちはある程度まで当たった。だがさすがに米軍も馬鹿ではない。遠くならわからなくても、近距離なら魚雷とフロートの区別くらいつく。護衛艦艇の何隻かはすりぬけ、空母ワスプへまっしぐらというときに、空母の対空火器がいっせいに動きだす。

一つだけ幸運だったのは、このとき、空母ワスプの直掩《ちょくえん》機が飛んでいなかったことだろう。少し前までは飛んでいたのだが、燃料補給のために着艦し、ちょうどエアカバーの空白時間に彼らは現れた。もっとも、おびただしい対空砲火を前に、それがどの程度の慰めになるかは疑問ではあったが。

「くそっ、ここまでか」

「よくやった、通信員。ここまでくればもうだいじょうぶだ」

「何がだいじょうぶだよ、トンチキ！　いっせいに撃ってきてるだろうが！」

「心配するな、あんな弾は当たらん！」

「どうしてそんなことがいえるんだよ、また観音様か？」

「経験則だ！　ビスマルクを思いだせ」

「鉄血宰相《さいしょう》がどう関係あるんだよ！」

「そっちじゃない、戦艦のほうだ」

「知るか、そんな戦艦」

「戦艦ビスマルクも知らないのか、谷口、おまえそれでも軍人か？」

「おれは軍人なんかじゃねえ！」

何が戦艦ビスマルクを思いだせなのか、谷口にはさっぱりわからなかった。ただ彼にも、状況が予想とは違った展開になりはじめているのは見えてきた。空母の対空火器は、なぜか「ソードフィッシュをはずしている」かのように命中しない。もちろん魚雷をかかえた敵機を前に、はずそうと考える人間などいるわけもない。

これは、ドイツの戦艦ビスマルク追撃で起きたのと同様の現象だった。急激に高速化した軍用機の速度に合わせ、新型の対空火器は航空機の想定速度を五〇〇キロ前後に想定している。ところがソードフィッシュは最高でも二二〇キロ前後、巡航速度はもっと遅い。まして魚雷をかかえているとなれば、気のきいた自動車なら追い越せる程度の速度しか出ない。

そんな航空機相手に、新型の精巧な射撃指揮装置が対応できるはずがなかった。そうでなくても航空機の速力を正確に測定することはむずかしい。

しかも航空機としては低速であったとしても、なお船舶よりは何倍も速い。射撃指揮装置としては遅すぎるか速すぎる速度でソードフィッシュは飛行しているため、砲弾が命中しないのである。

ちなみに日本海軍の射撃指揮装置は、自分たちの航空機には世界トップクラスの速度性能を求めるくせに、射撃指揮装置が想定している速度は、世界標準よりざっと一〇〇キロほど低い速度にとどまっていた。だから北島らが日本海軍艦艇を狙っていたとしたら、撃墜されていたかもしれない。

ともかくそういう事情で、砲弾は激しく降りしきるのだが、破片さえソードフィッシュには命中することはない。三人とも生きた心地はしなかったが、現実に彼らは生きていた。

「投下だ!」

ソードフィッシュから魚雷が投下されると、機体は凧《たこ》が風にあおられるように急上昇に転じる。むろん、対空火器の砲弾は当たらない。そして空母は回避運動を始めたが、それはあまりにも遅すぎた。

魚雷は過《あやま》たず空母ワスプに命中する。回避運動を行う慣性がついたところでの被雷。破孔からは大量の海水が浸水するだけでなく、空母自身が運動しているために、隔壁により以上の圧力が加えられる結果となった。空母は沈没にいたらぬまでも傾斜する。そしてその傾斜のために、空母ワスプは追撃のための戦闘機を出すことができない。

襲撃時間が五分ずれていたら、まったく違った展開を示していただろう攻撃は、幸運の波状攻撃により大成功。だが帰路につくソードフィッシュの機上では、北島も谷口も沈黙を守っていた。なぜなら小野はこの幸運に感激し、何かよくわからない呪文《じゅもん》のようなものをブツブツつぶやきはじめたからである。人間、極限状態に置かれないと、その本性はわからない。

4

第二梯団を囮《おとり》として、敵機動部隊を撃滅する。この作戦目的に従い、南雲第三艦隊司令長官は、第八艦隊司令部に対して敵艦隊の無線通信傍受に全力を注ぐよう要請した。ラバウルその他《た》、第八艦隊の指

揮下にある通信隊施設は、こうしていずれ動きだすであろう米艦隊の通信に神経を集中させた。

むろんこれはラバウルだけではない。電波状態のよい戦艦比叡や霧島の通信科でも、無線傍受は進められていた。敵部隊の電波の方位だけでもわかれば、第三艦隊と第八艦隊との方位の違いを照らしあわせることで、敵機動部隊の位置を割りだすことができる……はずだった。

「はずだった」というのは、彼ら自身、そういうかたちで組織だった通信傍受による位置の割りだしを実践した経験がなかったためだ。もちろん海軍全体で見れば、いくつかの根拠地隊の通信班などがそうした作業を行ってはいた。しかし、兵科将校の多くや軍令部作戦課あたりの人間は、そうした地味な作業を重視していなかったため、第三艦隊という組織にはそうしたノウハウはなかったのである。主要艦だが、それもある部分では杞憂《きゆう》であった。

艇の通信室は、確かに米軍の無線通信を傍受できていた。それどころか、おそらくは航空隊と思われる無線電話の交信さえ、傍受に成功していた。

しかし、暗号化されている通信はともかく、無線電話の交信内容は、当惑させられるものであった。

「第二梯団を攻撃しそこねた？」

通信参謀の報告は、第三艦隊司令部の人間たちに複雑な感情を呼び起こした。第二梯団が敵の攻撃を受けることなく安全な場所にいる。それは日本人として考えたとき、喜ぶべきことである。しかし、海軍軍人として考えると、そう喜んでばかりもいられない。

敵航空隊の推定位置は、当初の計画に従えば第二梯団がいるはずの海域であった。だが米軍の無線傍受を信じる限り、そこに第二梯団も似非《えせ》空母部隊もいない。傍受内容からは必ずしもはっきりしないが、どうも飛行艇が似非空母部隊を発見し、その指示に従って攻撃隊が出されたらしい。そうして現場に到着すると、目的の部隊はいない。

「針路を勝手に変えたな」

「どういうことだ、参謀長」

「簡単なことです、長官。似非空母部隊は敵飛行艇に発見されてから、その姿が見えなくなるまで南下し、飛行艇が視野から消えてから、針路変更を行った。自分たちの判断で、勝手な行動をとったわけですよ」

「なぜ、そんなことをするのだ？」

草鹿参謀長は、南雲司令長官の言葉の意味がしばらく理解できなかった。何のためも何も、敵をあざむいて避難するため以外に何がある？

が、すぐに彼は南雲長官の意図を察した。彼が問題にしているのは、通商機動部隊が第三艦隊の囮という重要な存在であったにもかかわらず、自分たちの都合で勝手に針路を変更したことだ。生粋《きっすい》の海軍軍人である南雲には、作戦の段取りをくるわせるような行動が納得できなかったのだろう。

もっとも、草鹿自身は別のことを考えていた。こういうことは十分に起こりえたことを、自分たちは予測できなかった。ここにいる誰一人として、似非空母部隊が敵に対して、ハッタリをかます可能性など考えてもいなかった。「連中に主体性などない」という前提で囮作戦を考えていたのだが、それはどうやら根本的な間違いであったらしい。貨物船やら似非空母の人間にも、主体性はある。彼らは自分たちの駒ではないのだ。どうしても自分たちの思惑どおりに動いてもらいたければ、彼らにも作戦主旨《しゅし》を説明し、了解させたうえで航路を維持しつづけるようにさせなければならなかったのだ。

第三艦隊がどんな作戦を立案したか、似非空母の側は知らない。知らないから、勝手に動く。草鹿参謀長は、自分たちと通商機動部隊との連絡の悪さに原因があることを認めざるをえなかった。

ただ南雲はもちろん、草鹿にしても、自分たちの作戦の前に通商機動部隊が従って当然という前提には何の疑問も抱いてはいない。海軍は民間の上位にあるという考えから抜けられない点に、彼らの限界があった。ただ限界の多くがそうであるように、彼らには、海軍以外の船舶を見くだしているという自覚がなかった。

「それで、敵空母部隊の存在位置はわかったのか?」

「おおまかな方位だけは。ただ、正確な距離や位置はわかりません」

これは谷口がやったことと比較すると、いささか意外な感じを受けるが、実はそれほど不思議ではない。谷口は最初から指向性の強いアンテナを用意し、そのアンテナの数で指向性を絞り、それらを比較することで角度の差から距離と位置を割りだした。

ところがラバウルなどの通信隊は、一部をのぞいて特定方向の電波を計測するようなことは行っていない。方位測定のアンテナではなく、通信用のアンテナでおおまかな方向を探《さぐ》ろうというのだ。角度分解能に差が生じるのはあたりまえ。通信隊の施設は、そもそもそんなことをするようには作られていない。

これは軍艦のアンテナにしても同様だ。何よりも通商機動部隊を囮にして、それから敵の位置を把握《はあく》し、奇襲するという作戦自体が、ある意味降って沸いたようなもの。準備時間も不十分では、精度の高い測定は望むべくもない。だからこの違いは通信隊や通信科の能力にあるわけではなく、すべて準備不足と泥縄《どろなわ》的な命令が原因だった。

「索敵機は出せるな?」

「はい、出動準備は整《ととの》っております」

奇襲を重視していたため、作戦手順としては囮部隊が襲撃されたときに、敵部隊の通信を傍受し、敵空母部隊の位置を特定ののちに攻撃となっていた。

つまり索敵は敵部隊の出動したあととなる。

これは必ずしも索敵を軽視していたわけではない。ミッドウェー海戦の戦訓から、海軍も索敵の重要性は認識している。

では、どうなっているのかといえば、このとき、艦隊の索敵はラバウルの第一一航空艦隊麾下《きか》の陸攻隊が行うことになっていた。しかし、第一一航空艦隊からの敵艦隊発見の通報は、まったく届いていなかった。

このため第三艦隊は状況をどう判断していたかといえば、敵空母は航空隊の行動範囲ぎりぎりの遠距離にいると予想していた。なぜならば第三艦隊の比較的近い位置にいたとすれば、ラバウルからの索敵機に捕捉《ほそく》されるはずだからである。奇襲を目的としていたため、第三艦隊から通信は極力行わないようにしていた。よって敵空母部隊の有無は、敵艦隊発見の知らせの有無で判断せざるをえなかった。

敵空母部隊は遠距離にいる。したがって第三艦隊は、無線傍受の結果が出るまで自身の索敵機を出すつもりはなかった。ある程度、敵艦隊の位置について絞りこまれないと、効果的な索敵は実行しがたいという判断からである。

奇襲をかけるという積極的な作戦のわりには、敵の位置がわかってから攻撃に出るという、妙に消極的な姿勢を第三艦隊は、なお数時間とりつづけた。

が、状況は彼らの予想を超えた展開を見せはじめた。

「長官、敵艦隊の無線通信です！」

通信参謀がもたらしたのも、やはり米海軍の無線傍受の結果である。手わたされた通信文を目にして、南雲の手が止まった。

「長官……？」

南雲は黙って紙切れを草鹿参謀長に渡す。

「ワレ　日本軍　ノ　複葉……攻撃されたあ!?」

こうして、通信文は次々と幕僚たちの間をリレーされる。空母を攻撃したことに素直に感心する将校もいたが、多くは文面の内容にひどく困惑していた。文面を信じるならば、空母ワスプは「日本海軍の複葉機の攻撃を受けた」となっているからだ。どうも空母そのものからの通信ではなく、護衛をしていた駆逐艦か何かが僚艦に無線電話で交信していた内容を、たまたま傍受できたらしい。受信状態は必ずしも良好ではなかったが、電文の内容に間違いはないようだ。

「この〝複葉機〟とは何だ？」

「九五式水上偵察機のことではないかと思いますが」

草鹿参謀長の返事も、いまひとつ自信なさげだ。だがさすがに、南雲司令長官は状況の不整合に気がつきはじめた。

「どうも、当初の計画と大きく食い違いがあるようだ。まず、わしが記憶している限り、空母ワスプは米太平洋艦隊ではなく、米大西洋艦隊に所属していたはずだ。大西洋艦隊から来航したとすれば、敵兵力の見積もりにも再検討が必要だ。

次に、九五式水上偵察機が敵空母を爆撃したとするなら……」

これは重大な思いこみだった。米軍の無線通信は北島正則のソードフィッシュによる「雷撃」を「攻撃」と表現していた。そして彼らは、空母太陽がソードフィッシュを載せていることなど知らないから、日本海軍の複葉機として九五式水上偵察機と判断した。この機体は魚雷は持てないが爆弾は使える。三〇キロが二個ではあるが。だから南雲司令長官は、爆撃と判断した。

この判断は情報が限られた中でのものとしては、確かに筋は通っている。ただ彼の発言で、幕僚たちには攻撃が「爆撃」であったというバイアスがかかることとなった。

「……爆撃したとするならば、敵機動部隊は至近距離にいたことになる。索敵機の発進時間から考えても、明らかだ。そうであったとすれば、なぜラバウルの航空隊は、至近距離にいるはずの敵機動部隊を捕捉できないのか？」

「確認してみます」

すぐに第三艦隊からラバウルへと無線が飛ぶ。ただし、直接空母部隊からはなされずに、隊内通信用の無線電話で艦隊内の巡洋艦に質問は伝達され、打電された。九五式水上偵察機が発見されたのなら、それを搭載できる巡洋艦から通信を送り、可能な限り空母の存在を伏せておくという考えだ。どうせラバウルからの返信は、空母からでも傍受できる。

第一一航空艦隊からの返答はすぐに届いた。その内容は、第三艦隊司令部の幕僚たちを激怒させるのに十分だった。

「索敵が行われていないとはどういうことだ！」

南雲司令長官でさえ、その返答に怒《おさ》りを抑えきれなかった。そうだろう。索敵がなされているという前提で作戦が立てられていたのだ。にもかかわらず索敵が行われていないとなれば、作戦は前提から引っくりかえされてしまう。

もっとも、第一一航空艦隊としても言いぶんはあった。ラバウルの西飛行場は確かに規模は大きいのだが、施設面での完成度は低かった。連日の戦闘で悠長に建設工事ができないこともあろうが、滑走路の舗装さえ満足になされていない。一機が飛び立つと、ものすごい砂ぼこりで次の機体の飛行にさしつかえるほどだった。当然、舗装がなされていないから、雨が降れば泥濘《ぬかるみ》になる。そしてラバウルの気候は変わりやすかった。

こうした問題があったために、ラバウルからの索敵は思うにまかせないのが実情だった。実際には、まったく索敵機が飛んでいないわけではない。しかしそれは非常に不十分なものであり、近海の敵部隊を確実に捕捉するということでは、かなり心もとないものだった。

しかも第一一航空艦隊の索敵パターンは、毎日変更が加えられるというものではなく、十年一日《いちじつ》のごとく変わりばえがしなかった。米海軍は、すでに日本海軍の索敵パターンを読んでいた。見つからないようにするのは容易である。事実このとき、彼らは第六一任務部隊を発見していない。

この騒ぎのため、第三艦隊司令部は肝心な問題、つまり敵空母ワスプを攻撃した九五式水上偵察機がどの軍艦のものであるかの確認を怠《おこた》っていた。そのときの彼らにとって、どの艦の偵察機であるかを確認することなどさほど重要ではないと思われていたのである。攻撃がなされた、それだけが重要だ。それが彼らの考えだった。

司令部の混乱に輪をかけたのは、巡洋艦筑摩の零式水上偵察機からの報告だった。午後一二時一五分。それは索敵線のもっとも外側を飛行していた二号機だった。

——敵大部隊　見ユ　ワレ　戦闘機　ノ　追跡ヲ　ウク——

よほど切羽詰まっていたのだろう。索敵機はこれだけを打電して、以後いっさいの消息を絶った。したがって、敵艦隊の陣容も位置も通信文から読みとることはできなかった。

しかし、無線傍受により方向はほぼある程度絞られ、なおかつ筑摩二号機の索敵範囲もわかっているから、方角についてはかなり精度が高くなっていた。そしてまた、飛行時間から距離を予測するのはそれほどむずかしくはない。

こうして空母翔鶴飛行隊長である関少佐の指揮のもと、艦爆二七機、零戦一〇機が出撃する。ときに一二時五五分のことであった。

関少佐は、このときかなりのあせりを感じていた。

なぜならば、五分早いか遅いかが決定的な差を生むかもしれなかったからである。時間的なことを考えるなら、敵機動部隊が囮部隊である第二梯団攻撃のために出動し、すでに帰路についているはずだ。

もしも敵航空隊が帰還する前に敵空母の襲撃に成功すれば、敵の航空隊は着艦することができないまま、海上に不時着するよりない。それだけで敵航空隊は潰滅《かいめつ》させられる。しかも敵部隊が着艦準備に入っていたならば、空母の飛行甲板上はあけておかねばならない。つまり直掩《ちょくえん》機も上空にはいない。空母にとって無防備な瞬間だ。

だがもしも着艦後に攻撃となれば、敵空母部隊は反撃が可能だ。関少佐らの部隊は、奇襲ではなく強襲を行うことになる。早いか遅いか、それは敵への打撃と味方の損失に多大な影響を及ぼすはずだった。

そして、ほぼ予想どおりの海上に敵艦隊はいた。いるにはいたが、その姿は関少佐の考えていたものとは大幅に違っていた。

「敵艦隊を発見。空母一、巡洋艦二、駆逐艦四」

少なくとも空母二隻を擁《よう》する機動部隊であったはず。だが彼の眼下には、ほかに艦隊の姿はない。

この空母は、北島正則がソードフィッシュで雷撃に成功した空母ワスプとその護衛部隊。それらは第六一任務部隊の前衛部隊であった。実はこの後方にこそ空母エンタープライズ、サラトガを擁する機動部隊の本隊が控えていた。だがそれらは、偶然にも第三艦隊から見てほぼ同じ方向にあった。筑摩の索敵機は索敵線の端を飛行していたため、空母ワスプの前衛部隊とはすれちがい、本隊と遭遇してしまったのであった。だが互いの位置関係のいたずらが、予想外の結果を招いてしまう。

しかし、そうした事情は当の関少佐にわかろうはずもない。ともかく目の前の空母を攻撃するまでだ。

「迎撃にも出られないというのか」

さすがに関少佐も、空母サラトガの様子にはいささか合点《がてん》のいかないものがあった。確実なことはいえないものの、どうもこの空母、いささか傾斜している。さらに速力も出ていない。九五式水上偵察機が攻撃をしかけて成功したらしいが、三〇キロ爆弾二発でここまで深手を負わせることができるだろうか？

すでに「複葉機の攻撃」という情報は、現場では「九五式水上偵察機の爆撃」へと変質していた。関少佐としても、そんなもので深手を負わせられるなら、艦爆も苦労しないとは思う。ただミッドウェー海戦では、敵の艦爆によるたった一度の攻撃で空母が大火災を起こしている。場所と間《ま》が悪ければ、あるいはそんな攻撃でも予想外の被害を相手に与えることは可能かもしれない。完全に納得したわけではないものの、関少佐としてはそうとでも思わなければ状況は納得しがたいものがあった。

しかし、彼がそんなことに疑問を抱いていた時間は数秒にすぎなかった。手負いの空母、それも直掩機さえない空母がここにいる。空母の数が合う合わないの問題ではない。これは攻撃しなければならなかった。

関少佐は自分以外の二六機の九九式艦爆に指示を出し、空母だけでなく二隻の巡洋艦にも爆撃を指示していた。手負いの空母一隻に二七機の艦爆というのは、まさに鶏を裂くに牛刀を用いるようなもの。

空母の対空火器も反撃に出る。しかし、やはり深刻な障害があるのか、いくつかの高角砲は作動していなかった。もはや関少佐の脳裏には対空火器の姿はない。

彼はただ、風を読んでいた。照準器の中には空母の姿がある。しかし、照準点の中心には空母はない。投下される爆弾の追従量だけ計算した照準点をずらし、さらにそれに風速を加味する。計算結果を出すのは簡単だが、風速や風向を着実に照準点のずれに加味することはむずかしい。だが祖国が、艦隊が、部下たちが、彼にそのむずかしい技を求めていた。

いつ爆弾を投下したのか、関少佐にはわからなかった。目も手足も、関少佐の意識を離れ、水が地形に沿って流れて川となるように、自然に一連の操作を行った。彼の意識にできたことは、投下した爆弾が、飛行甲板を直撃した跡を目撃することだけだった。すでに機体の姿勢は急降下から急上昇へとなっている。直撃の瞬間はわからないものの、命中だけは確認できた。

実際には空母ワスプは傾斜しており、命中した爆弾のすべてが甲板を直撃したわけではなかった。確かに甲板に命中した爆弾も、それなりの損害を空母に与えていた。しかし、致命傷は別だった。

空母ワスプには、飛行甲板直下の舷側に航空機用燃料の供給管が走っていた。爆弾はまさにこの部分を直撃した。航空機用燃料は爆発とともに管を経由して、燃料タンクまで炎を走らせる。それにより、空母ワスプは致命傷となる二次爆発を生じさせた。

火災は空母ワスプ全体に一瞬にして広がってゆく。空母としては、ワスプは必ずしも大型とはいいがたい。しかし、それでも八〇機以上の艦載機をかかえている。しかも燃料や爆弾の交換作業を行おうかというときに。

火災は瞬時に空母をつつみこんだだけではなく、それらの航空機をも次々と誘爆させる。もはや手の施《ほどこ》しようがなかった。

一方、巡洋艦部隊もまた、苦戦を続けていた。ワスプの周囲にいた巡洋艦群は、艦齢の比較的新しいものであった。しかし、軍縮条約の影響はその設計に反映している。火力に比して防御は弱い。軍縮条約の物理的な制約は諸外国の海軍に、巡洋艦に関して火力過多の設計を強いる結果となっていた。

ましてほとんど真上からの爆撃には、巡洋艦の装甲はほとんど意味を持たなかった。爆弾により巡洋艦は轟沈こそしなかったものの、何より命中弾の数が多かった。どの巡洋艦も、数発の爆弾を受け、艦内のあちこちが火災に見舞われる。弾薬庫が誘爆して手がつけられなくなり、退艦を余儀なくされたものもあった。

第三艦隊の三隻の空母の上では第二次攻撃隊の準備がなされていたが、それらは発艦間際で中止された。攻撃すべき艦隊は、第一次攻撃隊によって撃破されてしまったからだ。

それはミッドウェー海戦のことを思えば、きわめて危険な状況だった。艦爆の攻撃があっただけで、翔鶴も瑞鶴もほかの大型正規空母のあとを追うことになっただろう。しかし、空母一隻撃沈という朗報の前に、そのことにあえて注意を向ける人間はいなかった。そして第三艦隊がもっとも危険な状態は、やがて機体の整理がついた時点で終わった。だからこの危険な瞬間を反省する人間はいなかった。

5

「関飛行隊長の話を信じるなら、撃沈したのは空母ワスプということになる」

「空母撃沈」の報で、第三艦隊司令部が浮かれていた時間はそれほど長くはなかった。戦闘の詳細《しょうさい》がはっきりするにしたがい、いくつもの疑問点が生じてきたからだ。南雲は続ける。

「ワスプは大西洋から太平洋に移動してきた空母だ。そして米太平洋艦隊には、なお有力な空母が三隻はあるはずだ。問題なのは、ソロモン海域にいる米空母が、このワスプ一隻のみであるかどうかということだ」

「状況から考えて、少なくともあと一隻、もしかすれば二隻の空母がこの海域に潜伏していると考えられる」

参謀長の発言に、幕僚の幾人かは低く疑問を唱《とな》える。なぜそう言えるのか？　草鹿参謀長はそんな外野の声にあえて答える。それもミッドウェー海戦の戦訓だ。

「第一次攻撃隊により発見された部隊は、空母ワスプに艦艇が若干という陣容だ。本格的な空母戦を挑むには、戦力としては小さすぎる。かといって、輸送部隊だとしたら、守るべき商船の姿がない。ならばこうした小部隊の役割は、本隊の前衛以外に考えられぬ」

「おそらく、我々が傍受しつづけた電波のいくつかは本隊のものでしょう。それが我々から見てほぼ同じ方向にあったと解釈すれば、説明はつきます」

通信参謀は参謀長の言葉にそう続ける。

「状況は我々に有利です」

長井作戦参謀に全員の視線が集まる。なぜならその場の全員が、自分たちの状況を楽観できなかったためだ。不安に根拠はない。ただ勝利に対する根拠もない。そのあいまいな状態が彼らを不安にさせる。

「なぜ、そう言えるのだ、作戦参謀」

「簡単なことです、参謀長。敵は、ワスプを攻撃したのを似非《えせ》空母と判断するはずだからです。彼らは我々の存在を知りません。そして第一次攻撃隊の規模であれば、似非空母からのものであっても、戦力的には不自然ではありません。

対するに、我々は敵空母部隊のおおよその位置を把握《はあく》している。奇襲の可能性はまだまだ残されています」

「だが、敵空母部隊に本隊があるだろうというのも、仮定にすぎん。本当にそれがあったとしても、その正確な所在をどうやって知る？」

「再度索敵を……」

「索敵を行うことで、我々の存在と下手をすれば所在まで敵に知られる公算があるというのにかね？　空母一隻をすでに失っているのだ。敵空母部隊に本隊があるとすれば、彼らは必死で我々を探《さが》すだろう。索敵と索敵を互いに行えば、たとえどちらが先に相手を見つけたにせよ、奇襲は望めまい。強襲を覚悟する必要がある」

草鹿参謀長の発言の真意は、その言外にあった。強襲となれば、少なくない熟練搭乗員が失われる。それは、今後の海軍戦略に無視できぬ影響を及ぼすはずだ。長井作戦参謀も、そのことはすぐに理解したらしい。

「第二梯団の似非空母部隊を使いましょう」

長井の提案に異論を唱える者は、すでになかった。

6

空母太陽では、北島や谷口、小野の三人が英雄として出迎えられた。

「やったな。おまえらのおかげで空母ワスプが撃沈されたぞ」

北島指揮官じきじきに、ソードフィッシュから降りる三人を出迎える。

「撃沈、あの空母がか？」

北島正則は、指揮官であり息子でもある男の言葉に怪訝《けげん》そうな顔をした。

「確かに魚雷は命中したが、撃沈なんてことはないはずだ。せいぜい中破ってところか。どこから出てきたんだ、撃沈なんて？」

「あっ、言いませんでしたっけね？」

「何だ、谷口」

「あの空母、あとから来た海軍の航空隊に沈められたそうですよ。連中がそんな通信をかわしてるのを聞きました」

「何で、そういう大事なことを言わないんだよ！」

「そんな重要なことなら、どうして訊《き》かないんですか!?」

「どうして訊かないってなあ……」

北島正則はなおも何か言いたげではあったが、何も言わなかった。こいつの相手をしているときではないとでも思ったのだろう。

「おい、それより指揮官、いったいぜんたい、どういうことが起きたんだ？」

「どういうことってなあ、こっちも日米の無線通信で傍受した以上のことはわかっていないがな」

北島哲郎指揮官は、現段階で無線傍受などによりわかっていることをかいつまんで説明する。

「つまりあれか、おれたちがソードフィッシュで空母ワスプを攻撃したら、そのしばらくあとから第三艦隊の連中がとどめを刺しに現れたということか」

「そうなるな」

「第三艦隊の索敵機の通信は何かあったか？」

「敵の大部隊を見たとかいう通信があったきりだ。その先は何もなかったから、撃墜されたんだろうな」

「そうか……面白くないな。こりゃ」

「馬鹿な攻撃で空母に魚雷を命中させといて、何が不満だ？」

「あれは、敵を混乱させるための戦術的判断だ。事実、敵の注意をそらせただろう。問題はそんなことじゃない。我々の置かれた状況だ」

「敵の注意をそらせたんだろ？」

「いまのところはな。いいか、どうして第三艦隊は空母ワスプを攻撃できたと思う？　索敵機は〝敵大部隊〟と言っていた。しかし、おれが攻撃した部隊は空母部隊かもしれないが、大部隊とは呼べん。ということは、索敵機が見つけたのは別の部隊だ。それなのに、第三艦隊がワスプを攻撃したというのは、連中が無線傍受でワスプの位置を突きとめたからだ」

「第三艦隊だって無線傍受くらいするだろう」

「ああ、もちろんする。しかし、おれの攻撃から撃沈までの時間から考えて、あまりにも用意周到すぎる」

「こう言いたいのか、第三艦隊は無線傍受により敵部隊の動きを察知したら、すぐに攻撃に移れる準備をしていたって」

「そうとしか考えられまい。問題はそれだけじゃない。いいか、もしも敵の飛行艇に発見されたときに我々が針路を変更しなかったら、どうなっていた?」

「敵の空母部隊に襲撃されていたな」

「だが第三艦隊がそれに対して動こうとした形跡は何もない。ワスプを攻撃する戦力と準備は整《ととの》っていたのに、我々を敵から守ろうとはしなかった」

「おれたちは囮《おとり》だと?」

「ほかにどう解釈できる。第三艦隊の計画では、きっと我々を敵機動部隊に襲撃させ、それによって相手の位置を把握《はあく》してから奇襲攻撃をかける肚《はら》だったんだろう。第三艦隊にしてみれば、輸送船団が一つくらい潰滅《かいめつ》しても、敵空母部隊を潰滅させられれば御《おん》の字という計算があったんだろうな」

「それが、我々が針路を変更したことでくるいだした……」

「海軍軍人からすれば、商船の人間が主体的に行動する可能性など最初から頭になかったんだろう。商船など〝自分らの思惑どおりに動く存在〟くらいに考えていたんだろう」

「ああぁ、それはありそうなことだな」

海軍も商船も両方に経験のある北島哲郎には、そのへんの考えはひどく説得力のあるものに思われた。

「現役」というだけで、自分より階級の低い若い将校に、商船の船長だった自分を見くだされるような経験は北島も何度となくしている。

　さすがに予備役の少佐というと、彼らの態度はあらたまりもする。しかし、「少佐のくせにこんなところにくすぶっているなど、人生の敗者に違いない」という考えは、彼らの態度から透《す》けて見えた。そして思いかえせば、そんな下級将校は北島自身の昔の姿でもあったのだ。

「ラバウルからは何か出ているのか？」

「索敵機か？　いや、若干の陸攻が飛んでいるようだが、索敵としては不十分だな。ラバウルと第三艦隊の間の通信自体がほとんどなかったようだから、索敵に関して連絡がうまくいっていないんじゃないか」

「だが撃墜された索敵機によって、第三艦隊は敵主力部隊がワスプとは別にいることをすでに知っているはずだ」

「まだ我々を囮にして、それを撃破するつもりだというのか？」

「ミッドウェーでは海軍の大型正規空母四隻が失われた。GFとしては、何としてでも敵空母の数を減らさねばならん。それにな」

「それに何だ？」

「おれたちが撃沈されたとしても、海軍の船が減るわけじゃない」

第七章 実績

1

「飛行隊指揮官って、ほんと、何考えているのかしら？」

「さあ、実は何も考えてなかったりして」

「あっ、それ、いえてる」

日にちは先ほど八月二三日から二四日に変わりました——という頃。夜のソロモン海を一機のスツーカ——というかこの半径一〇〇〇キロ以内にスツーカはこれ一機しかないのだが——が低空を飛行していた。くわしいことはわからないが、米軍には探知機があるので低空を飛べというお達しが飛行隊指揮官から出ているからだ。

半月が南西の方角にある。だから、慣れた操縦員なら方位を見うしなうこともない。しかし、夜間飛行を行うためには細心の注意が必要だった。

横槍と新保も無駄口を叩いているようでいて、その表情は真剣だった。通商機動部隊と第二梯団の置かれている状況は、決して楽観できるものではなかった。

それでも敵襲に関してはまだいい。もとより敵が攻撃してくるだろうという前提にこそ、彼らの存在理由はある。やっかいだが、敵の攻撃は折りこみずみのことだ。

楽観できない最大の要因は、第三艦隊が明らかに自分たちや第二梯団をみずからの作戦目的のための囮《おとり》として利用しようとしていることにある。第三艦隊の目的は、どうやら米機動部隊を撃破することにあるらしい。はっきりとはしていないが、彼らは空母ワスプを撃沈したことで、自分たちの作戦の正しさを確信しているようだ。

実際、第三艦隊から彼らに対する呼びかけはまったくない。彼ら自身、第三艦隊に所在も何も伝えていないこともあるが、ここまで何も反応がないというのは、自分たちの存在を敵に知らせたくないという意思の現れであろう。

むろん、第三艦隊が敵機動部隊を撃破すること自体は、べつにかまわない。問題は、自分たちを囮にしてそれを実現しようとする限り、何かが起きても第三艦隊からの支援はまず望めないということだ。少なくとも敵機動部隊撃滅のチャンスを棒に振ってまで、第二梯団の安全を確保しようとするとは思えない。

そう、状況は深刻だ。第二梯団の陸軍将兵は、おそらく通商機動部隊と海軍の関係を知らないだろうし、その違いもわかるまい。きっと陸軍将兵の多くは、自分たちを海軍の有力部隊が守っていてくれると信じていることだろう。それは実に皮肉な話だ。

とはいえ、自分たちの命がかかっている。北島たちも、ことを「皮肉な話」ですませるわけにはいかなかった。

「夜の空ってきれい」

「ほんと。でも戦争がなければ私たち、こうして二人っきりでは飛べないのね」

「そんなことはないわ。この戦争が終わったら、世界中を二人で飛び歩きましょう」

「すてき、早くそうなるといいわね」

「だから、そんな日が一日でも早く来るように、任務にがんばらなきゃ」

「うん」

そんなとき、無線機が作動する。

「新保だ、何か用か!? 隠密飛行中だというのに、くだらねえ通信だったら、ただじゃおかんぞ」

「いえ、あの、その……定時連絡の……」

「異常なし！ 切るぞ、馬鹿野郎!!」

新保は無線機のスイッチを切る。

「ほんと、誰もわたしたちの時間を尊重してくれないんだから……」

彼らの飛行はおおむね順調に続いていた。月明かりで海面は識別できるし、天候も変わりやすいとはいえ、比較的安定している。

「そろそろよ」

「うん、わかってる。あっ、光ったわ」

ガダルカナル島を指呼《しこ》の距離にしたとき、ルンガ岬に光るものがあった。光は二つ。一つは赤い。それは、先に上陸している陸軍部隊の一部によるものだった。すでに一木支隊先遣隊は潰滅《かいめつ》的状況にある。その中で、生存者たちが味方の増援を信じて、こうして目印となる照明を照らしているのだ。

それは彼ら自身にとっても危険な賭けだった。いまの一木支隊の残存兵に、米兵と真正面から闘える余力はない。それでも彼らは、あえてその危険を冒《おか》していた。

横槍も新保も、そのルンガ岬の明かりを目にすると、自然寡黙《かもく》となった。どんな気持ちで、何を信じて彼らが危険を冒しているか。同じ危険な任務を実行しようとしている二人には、誰よりもそれがよくわかった。

光は一〇分ほどで消えた。

「時間どおりに消えたな」

「ああ、よかった」

二人は安堵《あんど》した。照明が消えれば、一木支隊の人間たちが敵に発見され、危険な目にあう可能性は減る。静寂《せいじゃく》が支配するソロモン海で、ただスツーカのプロペラ音だけが、夜の中を走っていた。

横槍はルンガ岬の距離と方位を割りだしていた。片方が赤いのは、二つの光のどちらがどう見えるかにより、位置を割りだすためだ。このことは、短時間ながら一木支隊との無線通信によって打ちあわせたものだった。通商機動部隊には陸軍から通信担当の人間が来ている。位置を悟《さと》られないような短時間ではあったが、通信は成功していた。

このことは、別の意味でも有効だった。通商機動部隊がどんな作戦を立てているか、米海軍はもちろん、第三艦隊にもわからない。彼らが自分たちを守るために行うことについて、誰からも掣肘《せいちゅう》を受けることはない。もとより外部からの援助など期待できないし、期待もしていない。

やがてスツーカは、米軍のヘンダーソン飛行場へと接近してゆく。

「最優先目標は、まず爆撃機。戦闘機は漏らしていいわ」

新保が攻撃目標を復唱し、やにわに照明弾を次々と撃ちあげる。その光は米兵たちを驚かすと同時に、滑走路に並ぶ航空機の姿を浮きあがらせていた。

米兵たちは、こんなところにドイツ製の急降下爆撃機が現れるとは思ってもいなかっただろうし、実際そうは考えなかっただろうが、「爆撃される」とは思ったらしい。だがスツーカの行動は、彼らにはすぐには理解できないものだった。まるで滑走路に着陸するかのような角度で接近したのだ。

「ライトだ！」

ここでスツーカは煌々《こうこう》とライトを点灯する。これは、敵に狙ってくださいといわんばかりの行動に見えたが、実際は逆だった。闇夜に照明。狙おうとしてもその照明に邪魔され、火器の照準などつけられるものではない。高射砲も機関砲も、この照明に邪魔されてまともな照準がつけられなかった。

むしろサーチライトをスツーカに真正面から浴びせるほうが効果はあったのだろうが、とっさにその判断ができる人間はいなかった。そして爆撃をすると思われたスツーカは、ここでいきなり三七ミリ砲を放ちはじめた。

銃弾に限りがあるので、「景気よく」とはいかなかったが、それでも一発、二発と着実に爆撃機を仕留めていく。いくつかの機体は燃料を満載していたらしく、地上で爆発炎上しはじめる。そうなるとあとの仕事はやりやすい。

　B-17はほぼ潰滅させられたし、急降下爆撃機もあらかた始末できた。何より滑走路全体が火の海になり、銃撃を受けていない機体にまで延焼したことが戦果を拡大した。

「ちょっと、機体を斜めにして！」

　新保の叫び声に、横槍は操縦桿で答える。後部機銃を持った新保は、そのまま機銃を下の何かに撃ちつづける。それが何かは、大音響が教えてくれた。

「何をやったの？」

「燃料タンク車よ！」

　航空機用燃料を満載したタンク車は周囲を燃えあがらせながら、みずからの爆発のショックで転がってゆく。これでは誰にも消火はできない。

　さらに、航空機の材料は基本的にアルミ。そしてアルミは燃えやすい金属でもある。高温の中で、ほかの機体もわずかのきっかけで燃焼するのは時間の問題である。そして決定的な事態が起こった。

　密林という、周囲を樹木で囲まれた土地の中で滑走路は限られた方向にだけ開けている。そんな中で激しい火災が起こるとどうなるか？　そこには火炎竜巻が起こる絶好の条件がそろっていた。そして竜巻は起きた。

「米軍の滑走路から炎が竜のように空に昇った」

　とは、一木支隊先遣隊の残存部隊の兵士がのちに語った目撃談である。実際、高さ数十メートルの火炎竜巻が、滑走路を移動しながらそこにある航空機を飲みこみ燃やしていったという。

　竜巻は滑走路内で燃やすものを燃やし終えると、嘘のように消えていった。滑走路内にはただ、灼熱《しゃくねつ》の大地と、もはや原形をとどめない金属塊《かい》が散らばっていた。ガダルカナル島をめぐる日米決戦の決定的なこのとき、ガダルカナル島は航空基地としての機能を完全に喪失《そうしつ》していた。

2

「ガ島が夜襲を受けただと!?」

南雲司令長官は、通信参謀からの報告をどう解釈すべきなのかわからなかった。陸軍の一木支隊先遣隊は潰滅《かいめつ》的な打撃を受けたはずであり、その残存部隊が攻撃をかけるとは考えがたい。それが無理と判断されたからこそ、第二梯団が派遣されたのではなかったか。

さらに、通信参謀は信じがたい報告を続ける。

「攻撃は、日本軍の航空隊により行われたそうです。通信傍受の内容を信じる限り、多数の艦爆により攻撃されたようです」

「多数の艦爆だと……」

もちろん、攻撃はたった一機のスツーカによる三七ミリ砲の銃撃である。しかし、まず米軍は、三七ミリ砲で空から襲撃されるなどという攻撃を日本軍から受けたことがない。攻撃早々にそれが何であったかを分析する余裕はなかった。

そして横槍らの襲撃は、火災が起きたことに加えて現場の地形、風速・風向など各種条件がそろったために、火炎竜巻が発生し、甚大な被害を生むこととなった。攻撃される側としては、これほどの打撃をたった一機の航空機で起こせると考えるはずもない。関東大震災の地獄を見てきた日本人ならわかったかもしれないが、アメリカ人にはそれは未知の領域だった。

このため、攻撃を受けたガダルカナル島の第一海兵師団は、自分たちは多数の急降下爆撃機の襲撃を受けたのだと結論した。少なくともその時点においては。

ところが現場にいたわけではない第三艦隊は、あくまでもこの無線傍受だけしか、情報を入手する手段を有していなかった。通商機動部隊はもちろん、ガダルカナル島の陸軍部隊との連絡さえも円滑《えんかつ》ではない。ソロモン海で闘うにもかかわらず、海軍は自前の艦隊が直接扱える以上の情報収集手段を何も持っていなかった。海軍の作戦だから、それは当然という考えによるものだが、このような混沌《こんとん》とした状況に置かれると、海軍兵学校を優秀な成績で卒業してきた俊英たちも、何を信じていいのか途方にくれる。

「多数の艦爆……情報参謀、例の似非《えせ》空母は艦爆を何機積んでいる？」

「艦爆は一機もありません。連中が中島飛行機から入手したのは、零戦と艦攻だけです。愛知などから艦爆を入手したという報告はありません。また連中が保有している爆弾は三番から六番といった小型のもので、飛行場襲撃でこれほどの打撃を敵に与えられるほどの戦果は無理でしょう。似非空母にそれが可能であったなら、ラバウルからの空襲だけでガ島は陥落《かんらく》していたはずです」

「だとすると、ガダルカナル島を攻撃したのは誰だ？」

南雲の当然の疑問に誰も答えられなかった。

「ラバウルの一一航艦では……」

参謀長のあまり自信のない仮説を通信参謀が否定する。

「そのような事実はないそうです」

「彼らにそんな器用なまねができるくらいなら、もっとましな索敵ができていたはずだろう」

「もしかすると……」

「もしかすると、何なんだね、作戦参謀」

「ニューギニアの陸軍部隊では……」

「ばかな、そんなことが」

南雲司令長官はその意見を却下するものの、完全には否定できないこともわかっていた。なぜなら自分とて、陸軍側の動きに関してそれほど詳細《しょうさい》な情報を握っているわけではないからだ。なるほど陸軍の攻撃とは思えなかったが、それを否定できるほど、ニューギニア方面の陸軍部隊について知っているわけではない。

それに、ガダルカナル島に残されている日本軍は陸軍将兵であり、陸軍が独自の作戦行動をとったとしても、必ずしも不思議ではない。ただあくまでも、それが陸軍によるものだという証拠も何もなかったが。

「通信参謀、その無線に謀略の可能性はないか？」

「その可能性はきわめて低いと思われます、長官」

通信参謀はそう断言する。

「米軍が我々に対して謀略をしかけてくること自体は、不自然ではありません。しかし、こんな深夜に艦爆隊の攻撃を受けたというような稚拙《ちせつ》な嘘はつかないでしょう。それが本当の攻撃かどうか、我々には簡単にわかることですから」

言われてみれば、それはまったくそのとおり。謀略をめぐらすにしても、なるほどもっとましな方法を米軍とて考えるに違いない。ただ、そうだとすれば問題は振りだしに戻る。ガダルカナル島を攻撃したのは誰なのか？

だがこの問題に対して、南雲司令長官は実にあっさりと結論を下した。

「まあ、いい。それが陸軍にせよ似非空母部隊にせよ、ガダルカナル島の航空隊は我々にとって直接の脅威《きょうい》ではない。その点が重要だ。敵機動部隊撃滅に関して、このことが作戦遂行に影響することはないだろう」

要するに、わからないことをくよくよ考えてもはじまらないということだ。

「むしろ、このことは我々にとって有利に働くのでは？」

「どういうことだ、作戦参謀」

「ガダルカナル島の航空隊が大打撃を受けたのであれば、機動部隊から航空隊を移動する必要があるはずです。また必要機材の移動もなされるでしょう」

「敵機動部隊はガダルカナル島に接近するというのか？」

「その公算が高いと思われます。したがって、この方面に……」

長井作戦参謀は、海図の一角を指し示す。

「索敵機を集中させることで、敵機動部隊を発見することが可能でしょう。敵はガ島への攻撃を日本海軍のものと判断しています。それだけに、敵の索敵も無視できますまい。敵に先んじてこそ、勝利を得ることができるのです！」

長井の意見に従い、第三艦隊からは二つの動きがあった。まず戦艦比叡、霧島を中核とする前衛部隊を機動部隊より大幅に前進させる。これは敵の索敵機を牽制《けんせい》するためだ。そしてもう一つは、未明と同時に筑摩などの巡洋艦から再度、索敵機を飛ばすというものだ。第三艦隊はそうしてガダルカナル島へと接近しはじめた。

3

八月二四日の「まだ夜」の時間。この日の夜明けは午前五時半前後。その前の午前四時半頃。ガダルカナル島タイヴォ岬沖合に、通商機動部隊と第二梯団の輸送船団はあった。一二機の零式艦上戦闘機は、すべて出動し、敵の襲撃に備えていた。夜は明けきっていないが、まったくの闇でもない。敵襲があれば撃退は可能だ。

駆逐艦群も船団をかばうように展開していたが、

周辺海域に敵艦隊の姿はない。それはある程度予想していたことだ。ガダルカナル島に対して敵空母部隊の襲撃が行われた（と米軍は判断した）ため、小艦隊は本隊に集結し、態勢を整《ととの》えるだろうと北島指揮官らは考えていた。そして無線傍受から判断すると、それは妥当な読みであったらしい。駆逐艦などで構成する小艦隊は、一時的にガダルカナル島から離れていた。

輸送船団からは、甲板に積みあげられた大発が降ろされ、兵員たちがそれに縄梯子で乗りうつってゆく。周囲には別にカッターが待機し、移乗に失敗して海に転落した将兵を引きあげるべく待機していた。

二〇〇〇名近い第二梯団の兵員――一木支隊の主力と海軍横須賀第五特別陸戦隊――と、重砲をはじめとする必要機材が大発や特大発で運ばれてゆく。一木支隊先遣隊の潰滅《かいめつ》により、第二梯団には最初の計画よりも限られた範囲ではあったが、重火器やトラックなどが必要な兵員とともに増強されていた。ラバウルで臨時に編成された商船は、そうやってあとから通商機動部隊の守る第二梯団本隊と合流している。

上陸した将兵はまず、一二〇名ほどに激減した一木支隊の先遣隊に合流。彼らの情報をもとに、第二梯団の拠点作成にかかる。揚陸《ようりく》した物資を密林の中に運びこみ、敵襲によって失われないようにしなければならない。トラックよりも野砲の牽引《けんいん》車がそうした移動に活躍する場面もあった。牽引車が切り開いた道をトラックが渡ってゆく。そんな現場の工夫もあちこちで見られた。

揚陸作業は夜明け後も続いていた。しかし、すでに第二梯団を運んだ輸送船の役割は終わっていた。敵航空隊が動きだすのも時間の問題だろう。大発を回収しつつ、通商機動部隊は船団をともない、ガダルカナル島から離脱してゆく。そして彼らは、陸軍第一七軍百武晴吉中将あてに第二梯団の上陸成功を報告した。

陸軍に関する限り、ここからは第二梯団と米軍の歴史が始まることになる。その意味では、通商機動部隊とのかかわりはここで終わったともいえるだろう。しかし、通商機動部隊と輸送船の戦闘は、まだ終わっていなかった。母港にいかにして無事に到達するか。彼らにはそのことが課題として残されていた。

4

ガダルカナル島の航空基地が破壊され、大規模な日本軍部隊が上陸したらしいとの報告に、周辺の米軍部隊はただちに反応した。サンタクルーズ島からはカタリナ飛行艇が発進し、周辺にいるであろう日本海軍の空母部隊を最優先で探《さが》していた。空母ワスプが沈められているときすでに、日本軍の空母は是が非でも沈めなければならない存在だったのである。

そのような中で通商機動部隊は、上空には常時六機の直掩機《ちょくえん》を張りつけるとともに、艦攻に対しては厳重な索敵を行わせていた。索敵の成否が彼らの運命を決めるからだ。

「わかっていると思うが、任務はまだ半分も終わってはいない」

北島哲郎指揮官は、めずらしく艦内スピーカで全員に状況を説明する。船という運命共同体では、全員が目的を知悉《ちしつ》していることが大切だ。それは、内航船の船長という経験の中で彼が学んだことでもあった。

「我々は第二梯団の将兵を無事にガダルカナル島へ運ぶことに成功した。しかし、それらを運んだ優秀商船を無地に日本まで送りとどけるまでは、任務に成功したとはいえない。これらの船舶には、本国にいる日本人の生活を守るための物資を輸送するという、重大な任務が待っている。そのことを肝《きも》に命じてもらいたい」

マイクを握る手を置いて、北島は自分の言葉の意味を考えていた。ガダルカナル島へ無事に将兵を輸送するというのは確かに成功した。だがその帰路は、これらの商船を無事に帰還させるというのは、決して簡単なことではない。海軍の人間たちがどう言おうと、船団護衛は遊び半分でできるようなものではないのだ。

「指揮官、見つけやした！」

通信室の谷口から北島に電話があったのは、艦内放送を終えてすぐのことだった。

「見つけたか！」

「はい、ほぼ予測どおりの場所に。戦艦を含む有力部隊だそうです。帰還させますか？」

「いや、いましばらく索敵を続けてくれ。本隊の位置も確認しておきたい」

「合点《がってん》承知！」

北島は受話器を置きながら思う。やはりうちの部隊は軍隊とは違うわ。しかし、索敵機からの報告があったからには、そんな感慨にひたっている暇はない。何よりも、すぐに彼我《ひが》の位置関係を明らかにする必要がある。

「なるほど、この位置関係ですか。夕べのガダルカナル島への攻撃がだいぶきいてますね、指揮官」

「そのようだ。一木支隊からの無線連絡だと、どうやら飛行場には予想以上の損害があったらしい。燃料タンクでも爆発したのか、火柱が滑走路の上を動きまわっていたというぞ。噂《うわさ》に聞く火炎竜巻だ。副官は見たことがあるか？」

「ええ、まあ、子供のときに震災で。あれは地獄でしたよ……。まっ、とりあえず、いまガダルカナル島は航空隊基地としての機能は死んでいると」

「だから空母部隊が動きだすわけだ」

「残るは……」

「あぁ、敵がどうこっちを見つけてくれるかだけだ」

5

その頃、第三艦隊では、またも詳細《しょうさい》不明の情報に振りまわされていた。

「霧島の見張員が目撃した航空機は、九七式艦攻で間違いないのだな？」

「間違いないと言っております」

南雲からの問いに、通信参謀はそう答える。

「で、その艦攻は空母翔鶴の艦載機だったわけだ」

「そういうことです。尾翼の記号も翔鶴の艦載機であることを示していたそうです。同じ第三艦隊の艦艇が、敵味方の区別がつかないなどということはありえないと思われます」

「そう、霧島の見張員が敵味方を間違えるなどありえん。だが同時に、空母翔鶴からは九七式艦攻を索敵目的では飛ばしていない、ただの一機も」

南雲司令長官としては、それこそ「ありえなーーい！」と叫んでみたいところだが、立場上そんなまねもできない。それに叫んだところで問題は解決しない。

「夕べのガダルカナル島襲撃の件といい、この空母翔鶴の艦攻といい、どうしてこのソロモン海には、そんな〝ありえない〟飛行機ばかりが飛んでいるのだ？」

こんなとき、ともかく仮説を提示するのが作戦参謀の長井中佐である。

「もしかすると……」

「もしかすると、何だね」

「これは、GFが用意した秘密の機動部隊のしわざでは」

「〝秘密の機動部隊〟だあ!?」

さすがにその仮説には南雲司令長官以下の幕僚たちも、不審の念をあからさまにする。だが長井のひと言で、その場は再び沈黙した。

「長官、今次作戦には参加しておりませんが、我が第三艦隊には、編制上、飛鷹《ひよう》、隼鷹《じゅんよう》の二隻の空母が含まれていることをお忘れですか?」

「飛鷹と隼鷹か」

飛鷹と隼鷹は優秀商船をベースにした改造空母である。速力が正規空母より劣る以外は、ほぼ空母蒼龍や飛龍と同じ性能を有していた。ミッドウェー海戦以降は、海軍にとって貴重な存在である。

「あれは呉に入渠《にゅうきょ》しているはずではないのか?」

「確かにそういうことになってはおります。しかし、GF長官がひそかに別働隊を用意することは十分に考えられるのではないでしょうか。我々でさえ存在を知らない空母部隊であれば、敵に対して、その奇襲効果は疑う余地がありません」

「そのような……」

不自然なことを山本司令長官が実行するだろうか? 常識で考えれば、そんな馬鹿なことが行われるとは思えない。なるほど、ミッドウェー海戦の敗因は暗号を破られたからだという風聞も耳にしないではない。アメリカの地方新聞にそんな記事が出ていたとか出ていなかったとか、そういう噂《うわさ》だ。

ただあのミッドウェー海戦以降、海軍が何かと神経質になっているのも事実だ。ともかく空母建造を優先し、優秀商船はみな空母に改造しろという意見書が出されたのも記憶に新しい。GF司令部が、たとえそれが風聞にすぎないとしても、海軍暗号の脆《ぜい》弱《じゃく》性を疑い、秘密の部隊を別途編制することは可能性が低いとはいえ、完全否定できないのも事実である。

実際敵が第三艦隊だけを捜索し、この秘密部隊に関して何も行動を起さなかったとすれば、海軍暗号が破られているらしいという風聞の正否は米軍の行動から確認できる。

だがそれ以上に、南雲がこの秘密部隊が存在する可能性を払拭《ふっしょく》できない理由は、あのミッドウェー海戦の敗軍の将が自分自身であることだ。なるほど、山本は自分に第三艦隊司令長官の椅子を与えて――まあ、細かいことをいえば連合艦隊司令長官にそうした人事権はなく、それは海軍省の仕事だが、海軍次官経験者でもある山本には、その筋にしかるべき影響力を行使することが可能であった――くれた。しかし、山本自身は内心で、南雲の実力を評価していないのではないか。

山本が南雲をいまの地位につけているのは、連合艦隊の総力をあげたあの作戦で、南雲司令長官を更《こう》迭《てつ》することで、艦隊全体の責任追及や処分が不可避になるからだったためではないかと、南雲自身は考えていた。南雲が動かねば、下の者も動かなくてすむ。すでに戦争が現在進行形で行われている中で、連合艦隊に組織の全身手術を行うような余裕も余力もない。それは海軍全体を動揺させ、萎縮《いしゅく》させるだろう。

だから南雲がいまの地位にいることは、山本が南雲を信用している根拠にはならない。この作戦で敵機動部隊を撃破した時点で、つまりミッドウェー海戦の後遺症を払拭できた時点での南雲の更迭を、山本は考えているのかもしれない。つまりこの飛鷹、隼鷹と思われる秘密部隊の存在は、ポスト南雲への布石と考えられるのだ。

この秘密部隊の指揮官が誰かはわからない。消去法でいけば、小沢治三郎あたりか。小沢司令長官の秘密部隊が、この海戦の決定的段階でその姿を現す。何しろ飛鷹・隼鷹は呉に入渠しているはずとはいえ、第三艦隊第二航空戦隊の空母である。それが最後に大戦果をあげ、それを根拠に第三艦隊第二航空戦隊を指揮する小沢がそのまま第三艦隊司令長官となったとしても、誰も不思議には思うまい。南雲には呉かどこかの鎮守府長官にでもなってもらえば、八方丸くおさまるだろう。

考えてみれば、長井作戦参謀はじめ、いまの第三艦隊司令部には新参の参謀が多すぎる。それは「司令部機能の拡充」といわれているが、本当にそうなのか？　すべてはこの秘密部隊と合わせて、敵艦隊撃滅とポスト南雲のための巨大なシナリオではなかったのか。ああ、そうなのか、そうなのか……。

南雲忠一中将は、かつては剃刀《かみそり》の異名をとるほどの切れ者。だから悪い想像をするときも、瞬時にこれだけの考えすぎたシナリオを頭の中に思いえがいてしまった。

ミッドウェーの責任は確かに感じている。しかし、こんなシナリオに乗っかって閑職にまわされるのはごめんこうむる。

南雲はそう決心した。

「空母龍驤《りゅうじょう》の艦攻をすべて出撃させよ。索敵機としてだ！」

南雲は自分自身の確実な情報を握る必要を、いま誰よりも痛切に感じていた。

6

「来た、米軍の飛行艇だ」

見張員の報告に、通商機動部隊の全艦艇が緊張する。ここからが正念場だ。まず直掩《ちょくえん》の零式艦上戦闘機がカタリナ飛行艇に攻撃をしかける。ただしあえて二〇ミリ機銃は用いずに、七・七ミリ機銃のみだ。

この襲撃は、銃撃のわりには効果は低かった。カタリナは意外に堅牢《けんろう》な飛行艇でもあった。ただ乗っている人間たちにとっては、二〇ミリが七・七ミリになったから幸せになれるわけではない。むしろ乗っている人間たちにとっては、生きた心地がしなかった。

カタリナ飛行艇からは必死の交信が行われる。それに対して、空母部隊からも返信が行われた。燃料タンクを撃ちぬかれても、発火して爆発することはなかったが、危険なことに変わりはない。

なぜならこの日、空母部隊と接触した飛行艇は自分たちがはじめてではない。数時間前にも発見したという報告はあった。だがその飛行艇は、ろくに通信を送る間もなく撃墜されている。自分たちが同じ轍《てつ》を踏まないという保証はない。

だが、彼らは生きのびた。銃弾がなくなったのか、その戦闘機はカタリナ飛行艇を空母部隊上空から追いはらっただけで帰還した。カタリナもまた撃墜される前に回避する。ただし、空母部隊の針路を見きわめてから。彼らは昨日の失敗を忘れてはいない。

水平線のすれすれに敵艦隊の姿を望めるところまで下がる。そして部隊の針路が変わっていないことを確認しつづけた。それは第六一任務部隊にも通知される。攻撃隊が発進したことを確認したあとに、飛行艇は基地へと戻っていった。

「いよいよ、敵さんのお出ましです！」

通信室の谷口の声に北島指揮官はうなずく。

「飛行艇は？」

「帰還すると通信を入れましたぜ」

「わかった、新たな動きがあったら教えてくれ」

「合点《がってん》承知！」

北島は川島とともに、海図に、必要な彼我《ひが》の位置関係などを記入してゆく。

「取舵九〇度！」

北島の命令とともに、護衛艦艇と商船は、いっせいに……とまではいかないが、まあ、そこそこ無難な時間で全艦船が針路変更を行った。ここから先は時間との勝負であった。理屈のうえでは逃げきれるはず。だが敵も必死だ。確実なことはわからない。

そんな二人のもとに、飛行服に身を固めた北島飛行隊指揮官が現れた。

「いちおう指揮官として言っておくが、計算上は、我々はこれで逃げきれるはずだ」

「いまさらだろうが、父親として言っておく。世の中、計算どおりにことが進めば苦労はせんのだ」

「そっちの計算だって同じことだろう」

「だがそっちの計算がはずれたとき、こっちの計算がものを言う。何もしなければ、計算がはずれたときにご破算だ」

「なあ、一つだけ聞かせてくれ。自分のことを馬鹿だと思ったことはないのか?」

「利口な生きかたはできないってことだけは、承知しているつもりだ」

「なら、もう止めん。勝手にしろ」

「そうはいかん」

「何が?」

「おまえは指揮官だ。指揮官なら命令しろ、おれに」

「まったく手間のかかる男だ。飛行隊指揮官、出撃を命じる!」

「飛行隊指揮官、出撃します!」

すでに空母太陽の上には索敵から戻ってきた一二機の艦攻が出撃準備を整《ととの》え、スツーカが待機している。甲板に整列する搭乗員たちに、北島は言った。彼はたいていのことは器用にこなすが、訓辞《くんじ》のたぐいだけは苦手だった。だから言葉は短い。

「おれたちの働き次第で、仲間が助かる。それを忘れるな、以上だ!」

ともかく滑走路をあけなければならないので、まず横槍と新保のスツーカが発艦する。それと同時に艦攻がエレベーターから引きだされ、発艦準備が整ったものから順次飛び立ってゆく。

艦攻隊は編隊を組んで。スツーカは速力の点で、九七式艦攻と行動をともにするにはややめんどうなので先行する。どうせスツーカはこれ一機。編隊を組む相手もない。

「ねえ、これもけっこう泥縄《どろなわ》だと思わない？」

「っていうかあ、今度の作戦って泥縄じゃない部分なんか一つもないわよ」

「こわいわねえ」

「でも、いいじゃない。幸運なのか何なのかわからないけど、ずっとうまくいってるんだし」

「それはそれで、別の意味で……」

「こわいわねえ」

7

第六一任務部隊の航空隊。空母エンタープライズとサラトガの航空機、総勢五〇機あまりは、空母ワスプを撃沈し、さらにガダルカナル島の飛行場を破壊して、陸軍兵の上陸を成功させてしまった「日本海軍の機動部隊」を求めて飛んでいた。

事前の情報によれば、日本海軍の第三艦隊がこの方面で活動しているらしい。しかし、彼らは輸送部隊を護衛している空母一隻を中核とする小艦隊しか発見できず、しかもその姿を一度見のがしていた。

だが空母ワスプを撃沈したのは、明らかにこの空母部隊とは別のものであり、またガダルカナル島に夜襲をかけ、その基地機能を破壊したのも別の部隊と思われた。つまり米太平洋艦隊の解釈では、南雲司令長官の第三艦隊は、第二梯団を護衛している空母部隊の後方に位置し、それらの部隊の安全を確保するための支援作戦についている。

彼らは現実に起きていることからそう判断し、第三艦隊の意図とは正反対の意図を読みとっていた。そしてこうも考える。

「南雲がこれほどまでに自分たちの存在を秘匿《ひとく》しようとするのは、ミッドウェー海戦での敗北により、空母部隊の温存をはかりつつ、ガダルカナル島への増援兵力の上陸という作戦目的を達成する必要があるためだ。いまの彼は、ミッドウェーのときのスプルーアンスと同じ立場に立っている」

このことから得られる結論。それは第二梯団の上陸に成功したいま、南雲の第三艦隊は戦場からの離脱をはかろうとしているということだ。作戦目的を達成したわけだから、あえて危険を冒《おか》してこの海域にとどまる必要はない。すでに空母ワスプをも沈めた以上、戦果は十分と判断するだろう。

しかし、米太平洋艦隊や第六一任務部隊としては、そうは言っていられない。南雲が戦力の温存に動くのであれば、次に敵の主力ともいえる空母部隊が現れるのはいつになるかわからない。しかも、南雲は機を見るに敏な男だ。それは空母ワスプの撃沈でもわかる。いまここでその戦力を叩いておかなければ、米海軍の機動部隊は神出鬼没の敵に対して数の優位を生かせないまま、各個撃破されかねない。

このような情勢分析から、第六一任務部隊をはじめとする部隊は、総力をあげて敵を探《さが》しもとめていた。そうした中で、カタリナ飛行艇が北島らの通商機動部隊を発見する。すぐさま攻撃隊が発進した。

ここでその空母を撃破すれば、戦闘のスコアはイーブンになる。そしてこの攻撃で南雲が動けば、勝利はそこに開けるはずだった。

最初にそれを発見したのは、空母エンタープライズの攻撃隊であったという。

「敵艦隊を発見……戦艦二、巡洋艦四、駆逐艦八」

「空母は、空母はどうなった?」

「空母は……見あたりません!」

それは機動部隊ではなかったが、機動部隊の前衛か何かかと思われた。だが、あるいはまったく別の部隊とも思われた。彼らが本当に狙っていたのは空母部隊。しかし、眼下には戦艦二隻に巡洋艦四隻がいる。この部隊は目的の部隊ではないにせよ、大物には違いなかった。

「敵戦艦部隊に対して攻撃を開始する！」

五〇機あまりの攻撃隊は、いっせいにそれらの艦艇に対して攻撃を開始した。五〇機あまりの戦力とはいえ、三分の一は戦闘機であり、対艦攻撃にさして影響を与えるものではない。攻撃機の数はSBD急降下爆撃機が一六、TBFが一五機であった。

攻撃を受けはじめたのは、第三艦隊の前衛部隊。敵の攻撃を吸収するというのが彼らの主目的であり、その意味では日本海軍の計算は的中したといえる。

このとき、前衛部隊は横陣で航行していた。しかも相互間隔は広い。それぞれの艦は相互支援ができる状態ではなかった。そして攻撃隊は二手に分かれ、戦艦霧島と比叡に殺到した。自分たちは空母を沈められた。しかし、ここで戦艦二隻を撃沈すれば、スコアを逆転できる。

しかしここで彼らは、二隻の戦艦の主砲が密集する航空隊に向いていることの意味をまだよく理解していなかった。二隻の戦艦の合計一六門の主砲が火を噴いた。だが航空隊の人間たちは、そんな砲撃などものともしない。飛行機に戦艦の砲弾が当たるわけがない。それが常識というものだった。いままでは——。

「な、何だ!?」

異変は瞬時に起きた。自分たちの周囲の空が燃えあがったかと思うと、炎のかたまりがいっせいに自分たちめがけて降ってくる。そう、それはのちに三式弾として知られることになる新型砲弾の初陣《ういじん》であった。内部に多数の焼夷《しょうい》弾が仕込まれており、それが敵編隊上空で展開し、無数の焼夷弾の雨を降らせる。

ただこの砲弾の原理からして、信管のタイミング調定がきわめてむずかしいという大きな問題もはらんでいた。航空機のような高速で運動する物体では、高度や速度の読み間違えで、三式弾は見当違いの場所で炸裂する公算が高い。

にもかかわらず初陣で適切な信管調定ができたのは、部隊が広く横陣に広がっているためだった。もとより彼らは、自分たちが敵航空隊の攻撃を引きつける役割であることを知悉《ちしつ》していた。だからすぐに三式弾で応戦ができた。それと同時に、この砲弾の信管調定のむずかしさもわかっていた。

ただ部隊が広く展開しているということは、それぞれの艦艇から敵航空隊を観測すれば、基線の長さが確保され、高い精度で敵の高度、距離、速度ベクトルを求めることが可能となる。敵の位置と方位と運動方向を正確に測定することも、前衛部隊の務めであった。そしてそれは単純な物理と数学の計算であり、海軍兵学校を卒業している人間なら、誰でも計算できるたぐいの問題だった。

それに、敵が大物狙いで戦艦に殺到するだろうことは十分に予測できる。なおかつ敵の攻撃機がどのような高度で飛行し、巡航速度がどの程度かも過去の経験から推測できる。実は、前衛部隊は計算そのものは行っていない。あらかじめ予想される高度や角度、速度に対して位置や速度ベクトルを割りだすための数表が今次作戦のために用意されていた。

トラック島で停泊中に「第二艦隊対空戦闘数表作成研究会」が設立され、そこで関係者がタイガー計算機を回しながら計算しつくしたのである。妙な話に思えるかもしれないが、海軍の艦隊では戦技向上のために、水雷術や砲術に関するそういう研究会がいくつも用意されていた。これらは「艦隊例規」に規定された手続きで行われるもので、海軍ではそうめずらしいことではない。この数表も砲術委員会の下部機構の作業である。そう、艦隊とは「艦艇の集まり」ではなく、「人間の組織」なのである。

実のところ第二艦隊の関係者は、こんな数表作成が役に立つのだろうかという疑問を抱きながら、タイガー計算機のハンドルを回していたわけだが、いままさに労苦は報《むく》われた。三式弾一六発の一斉射撃により、五〇機あまりの密集した攻撃隊は、ほとんど一瞬にして半数が炎につつまれた。残りの編隊にしても、まず自分たちに何が起こったかがわからないために、パニック状態におちいった。

残存の攻撃隊は、ほとんどが魚雷や爆弾を捨て、回避行動に入る。数機の攻撃機が果敢に攻撃を試みるが、魚雷も爆弾も命中することはなかった。

米海軍第六一任務部隊の第一次攻撃隊は、このように戦力の半数を失い、何らの戦果をあげることのないまま作戦を終了した。

8

「ついに動きだしたか」

米海軍は動きだし、攻撃隊を繰りだしてきた。どうして攻撃隊にその位置がわかったのかは不明だが、ともかくその米空母部隊の戦爆連合は、前衛部隊の三式弾によって潰滅《かいめつ》的な打撃を受けた。

そして敵機の侵入方向と帰還方向、さらに無線傍受の結果から、敵機動部隊のおおまかな位置が明らかになる。南雲司令長官は索敵機の報告を待つことなく、空母翔鶴、瑞鶴の飛行隊に出撃を命じた。

第一次攻撃隊は、やはり関少佐による戦爆連合五〇機あまり。すぐに第二次攻撃隊の編成も行われることになる。二隻の空母はあわただしく動きだす。

次々と飛び立つ戦爆連合を、南雲は島型艦橋から一機、また一機と見おくってゆく。

「いよいよだな」

草鹿参謀長も黙ってうなずく。

「やっと赤城の敵《かたき》が討てるか……」

南雲にとって、この海戦を勝利で終わらせるまで、ミッドウェー海戦は終わったことにはならないのだ。

9

その頃、北島正則飛行隊指揮官は、九七式艦攻の中で、谷口から無線傍受の知らせを受けた。傍受した無線は全部知らせろと、厳命されていたためだ。とはいえ、彼も子供ではないので、どうでもいい通信は報告しなかった。

「前衛部隊が敵部隊の攻撃を受けたそうです。どうも、敵部隊はえらいことになっているようです」

「〝えらいこと〟って何だ？」

「大変なことですよ」

「だから、何がどう大変なんだよ」

「攻撃隊が大変といったら、大戦果をあげたか、大損害をこうむったかの、どちらかしかないじゃありませんか」

「だから、そのどっちなんだ⁉」

「大損害をこうむったようです。何か知りませんが、一瞬で部隊の半分が吹き飛んだとか。もっとも、どの無線通信も興奮してて脈絡がないから、何がどうなっているのかまではわかりませんけどね」

「そうか、で、敵部隊の方向は？」

「このまま、まっすぐでいいはずです」

そしてそれは正しかった。それは無線傍受で明らかになる。

「横槍たちは現場についたようです。敵戦闘機が迎撃するとか何とか言ってますぜ」

「こっちについてはどうだ？」

「こんな低空じゃ、見つかりっこありませんよ」

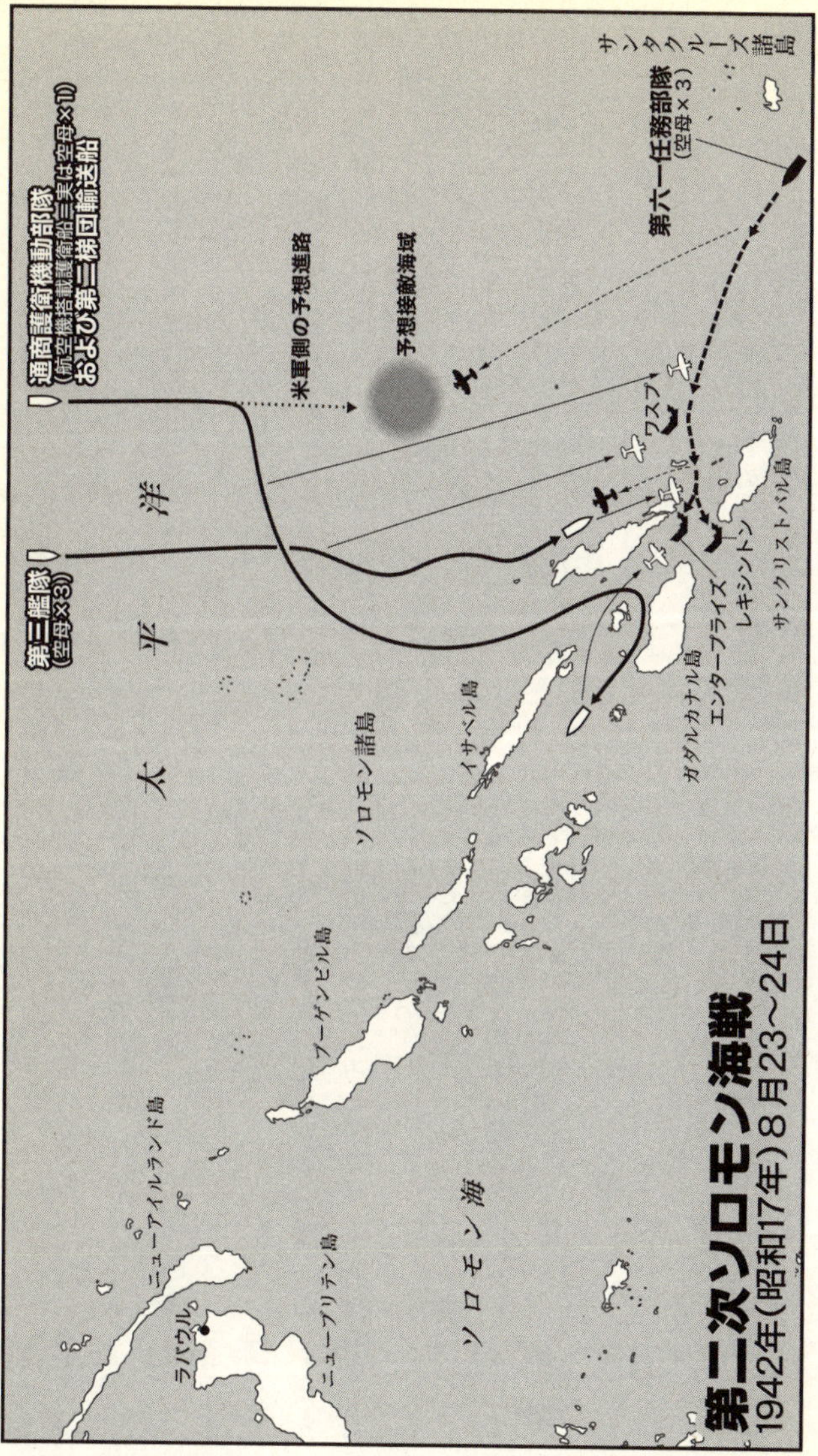
第二次ソロモン海戦
1942年(昭和17年)8月23〜24日
第三艦隊
(空母×3)
通商護衛機動部隊
(航空機搭載護衛船=実は空母×1)
および第二梯団輸送船
米軍側の予想進路
予想接敵海域
第六一任務部隊
(空母×3)
サンタクルーズ諸島
太平洋
ワスプ
エンタープライズ
レキシントン
サンクリストバル島
ガダルカナル島
イサベル島
ソロモン諸島
ブーゲンビル島
ニューアイルランド島
ニューブリテン島
ラバウル
ソロモン海

「そうか、いましばらくそうありたいものだな」

「でもですね、飛行隊指揮官」

「何だ?」

「おれたちを攻撃してきた敵部隊を、まんまと第三艦隊の前衛部隊にぶつかるように敵の飛行艇をあおっていたんでしょ。実際、連中はおれたちの空母じゃなくて、前衛部隊の戦艦を攻撃した。だったら、無理して出撃することはないんじゃないですか。もう、戻りましょうよ」

「そうはいくか、ここまで来たんだ」

「ここまでって?」

「前を見ろ! 敵部隊だ!」

10

横槍らのスツーカは、北島たちの艦攻部隊とはややずれたルートを飛行していた。単独の索敵機と思わせるためである。実際それは当たった。迎撃戦闘機は確かにやってきたが、その数は一機。あるいは僚機もいるかもしれないが、それにしても二機だ。

そして何より重要なことは、彼の眼下に空母エンタープライズがいることだった。エンタープライズの直掩《ちょくえん》機は、その時点でスツーカの正体を理解していなかった。爆撃機のたぐいとは思ったのであろうが、それが単独で現れるとすれば、それは索敵と考えるのが常識だろう。

彼らはその常識に従い、おっとり刀で横槍のスツーカに迫るが、彼は相手の闘いかたに合わせるつもりなど毛頭《もうとう》ない。一気に機体を急降下させてダイブする。

エンタープライズの飛行甲板上の将兵たちは、頭上から響くサイレンのような怪音に、自分たちの不吉な運命を感じた。そして、その直感は間違ってはいなかった。

飛行甲板の上には、出撃準備中の機体が並べられていた。第一次攻撃隊が潰滅《かいめつ》的な打撃を受けたことで、第二次攻撃隊の出撃を急いでいたためだ。そこへスツーカがダイブする。三七ミリ砲を乱射しながら。

エンタープライズの装甲は三七ミリ砲弾も何とか耐えぬいたが、跳弾は周囲のものを容赦《ようしゃ》なく傷つける。さらに、砲弾の命中した機体はその場で炎上する。一機が燃えひろがれば、その火炎は次々と周囲の機体を炎につつむ。

だが、スツーカの銃撃はそれで終わらなかった。飛行甲板を一度舐《な》めるように銃撃したと思うと、すぐに低空で反転し、空母に対して腹をさらすように通過する。むろん、あえて危険を承知で腹をさらしたわけではなかった。

三七ミリ機銃は、残っている銃弾を空母エンタープライズの対空火器に次々と叩きこんでいった。それは片舷だけの攻撃に終わる。だがそれで十分だった。攻撃された左舷側の対空火器は重火器が破壊されるか、人員が負傷するかで著《いちじる》しくその機能を失っていた。いまこのとき、空母エンタープライズの左舷は無防備だった。

攻撃を終え、敵が態勢を整《ととの》える前に、スツーカは上昇にかかる。こんなところで長居は無用だ。

「一、敵機よ！」

「わかってるわ！」

急上昇を行うスツーカ。しかし、その上昇力は降下に比べて非常に遅い。対するF４F戦闘機は、一気に間合いを詰めてくる。

「これでもお食らい！」

横槍が引き金を引くと、三七ミリ砲弾が、F４F戦闘機のエンジンとコクピットを直撃粉砕する。バラバラになった金属塊《かい》の脇をスツーカは通りすぎてゆく。

上空から見るエンタープライズは、大変なことになっていた。少なくともここから見える範囲では、海面に炎が広がっているようにしか見えない。おびただしい黒煙で、そこに空母があることを識別するのは困難だった。

「また来たわ！」

「まかせて、えい！」

だが銃弾は出ない。三七ミリ砲弾はすべて撃ちつくされてしまった。横槍はとっさに急降下に入る。

その判断は間違ってはいなかった。Ｆ４Ｆ戦闘機の銃弾は、さっきまでスツーカのいた空間を切り裂く。

新保はそこで後部機銃にとりつくと、後方から迫るＦ４Ｆに銃弾を叩きこんだ。だが火力の差は明らか。そもそも弾が届かない。

「はじめ！」

「すすむ！」

二人が最期を覚悟したとき、Ｆ４Ｆが炎上しながら墜落していった。

「はじめ……」

「第三艦隊の戦闘機よ！」

11

すべては北島正則の予想どおりだった。横槍たちは期待にたがわぬ働きをした。空母エンタープライズは飛行甲板が炎上し、対空火器も沈黙している。

周囲の艦艇は北島たちに気がついたようだが、もはや遅かった。一二機の艦攻は、吸いこまれるように空母エンタープライズに接近してゆく。

左右両舷に分かれて挟撃《きょうげき》するようなことは、北島はしなかった。右舷の対空火器は生きている。ならば、あえて部下を危険にさらす必要はない。この作戦自体が無謀といっていいほどに危険であるにもかかわらず、北島は妙なところで部下の命を大切にする指揮官だった。

最初に北島が、ついで部下たちがそれぞれに航空魚雷を投下する。それは、彼らが持っているすべての航空魚雷であった。空母太陽には、魚雷と名のつく機械《もの》はもう一つもない。

航空魚雷は空気魚雷。白い一二本の航跡が、空母エンタープライズへと走ってゆく。艦攻はその航跡を追いぬき、ついで上空に抜けた。このとき、二機の艦攻が、敵戦闘機に食われた。北島は部下を失った思いを心の奥に封印する。そして自分に言い聞かせた。おれは悪人なのだと。

一二本の魚雷のうち、八本が命中した。巨大な水柱は、一瞬だけ甲板の火災を鎮火する。だが左舷に生じた大破孔から大量の海水が怒濤《どとう》のごとく流れだし、空母エンタープライズはそのまま傾斜して海中に没した。

「やっと来たか……」

帰りのことはあまり考えていなかった北島だが、その心配は不要であった。制空権はすでに、第三艦隊の航空隊が掌握《しょうあく》していた。おびただしい艦攻と艦爆が空母サラトガに殺到する。サラトガがどうなるか……日米両軍の将兵には、その行く末は明らかだった。

北島正則飛行隊指揮官は、一〇機の艦攻ともども、空母太陽へと帰還した。戦史の上で「第二次ソロモン海戦」と呼ばれる戦闘は、事実上、この瞬間に終わっていた。

12

昭和一七年九月七日。トラック島では、過日に行われた第二次ソロモン海戦の反省会が行われることとなっていた。その反省会の前、連合艦隊司令長官山本五十六大将は一人の男と会っていた。

「あの海戦の大勝利の陰に、あなたがいたとは。生きているとわかっていたら……あのときあなたがいれば、ミッドウェーの敗北はなかったでしょう」

「買いかぶってもらっては困る。おれは、単に運がいいだけだ」

そこには海軍大佐の制服を着用した北島正則がいた。大佐と大将、だが二人の間に階級は無意味であった。

「それに、おれがいてあの海戦がどうにかなっていたとすれば、GF司令部は陛下に対して本分を尽くしていないことにならないか」

「相変わらず手きびしい。私の上官だったときからそうだ」

「それが、このおれがこの国にいる存在理由だ」

「いつまで、おられるのです？」

「この戦争が終わるまでは日本にいるさ。国難のときにおれは現れる。日露戦争のときもそうだった。先《せん》の大戦でもそうだ、そしていま、この戦争がある。まあ、北島哲郎がおれが本当の父親ではないことに気がつけば、また話は別だ。そのときは、五十六に新しい身分を作ってもらうさ」

「あなたは何者なのです？」

「説明しても理解できまい。あの島国に古くから住んでいる一族の末裔《まつえい》とでも思っていてくれ。それよりも五十六、おれが何者かを詮索《せんさく》するよりも、大事なことがあるだろう」

「何でしょうか？」

「連合艦隊司令長官山本五十六とは何者か？　そして何をなさねばならない人なのか？　どうすれば己《おのれ》の本分を尽くすことができるのか？　いま、日本はおれの正体よりも、このことの答えを求めているのではないか」

「私は何者か。むずかしい宿題かもしれません。不出来な教え子で申し訳ありません」

「それが難問だとわかっていれば、とりあえずは合格だ。そこから先、満足する答えは自分で考えろ。では、そろそろ失敬しよう」

「どちらへ？」

「いましばらく、通商機動部隊はソロモン海で活動する。ガダルカナルへの補給や増援はまだまだ必要だからな。あと一回や二回は、敵艦隊と一戦まじえなければならんかもしれん」

そう言うと、北島正則は戦艦大和の長官室を出た。山本は少し遅れてそのあとを追う。だが、彼が長官室のドアをあけたとき、廊下にはすでに人影はなかった。

（終わり）

あとがき

林 譲治

まずは『興国《こうこく》の楯《たて》 通商護衛機動艦隊』をお買いあげいただきありがとうございます。今回の話は、ひと言でいえば「自分の身は自分で守る」という内容です。この場合の「自分」とは輸送船団ということになりますが。

日本海軍は通商護衛に消極的といわれ、実際それなりの組織を創設したものの、その陣容は決して十分なものではなかった。たとえば海上護衛総隊司令部の定員は士官や文官をすべて含めてもたった三六人。たとえば連合艦隊司令部の定員が総勢九一人（必要に応じてさらに三四人ほど増員可能）なのはまだしも、一般的な戦隊司令部レベルでも定員が二二名ということを考えるなら、アジア全域に等しい通商路の護衛を三四名程度の司令部で行うことのむずかしさと、可能な選択肢がいかに限られていたかが理解できるでしょう。

もっともそれをいえば、連合艦隊とて必ずしも十分な陣容とはいいがたいかもしれません。太平洋全域に部隊を展開する。それも水上艦艇部隊だけでなく、航空艦隊や陸上基地など多種多様な組織を束《たば》ねる司令部要員が一〇〇人に満たないというのは、ある面で驚異的なことかも知れません。

このことの背景にあるのは、日本海軍は、たとえばアメリカ海軍などと比較して——国によって軍人という存在の定義や社会的な意味が異《こと》なるので必ずしも同列に扱うのは適当ではないのですが——士官や将校の数と密度が低い。要するに士官や将校が足りないわけです。

日本海軍の場合、士官は将校相当官としての待遇はされるものの、権限その他《た》には大きな差がありました。準士官や特務士官が将校になる道も完全に閉ざされていたとはいわないものの、非常に限られていました。そして準士官や特務士官と将校の待遇や権限などには歴然とした差がありました。

戦後生まれの筆者などには、それが実際どれほどのものであるのか、知るすべもありません。元軍人の方々や兵役経験者は、若い連中に美しい話だけを聞かせたがる傾向があるからです。また将校以上の人間は、自分が将校以外の人々をどう扱ってきたかという自覚がないことも少なくないのです。

だから特務士官や準士官経験者だけの集まりでは、戦後半世紀以上たっても、当時の将校たちへの怨嗟《えんさ》の声が絶えることがありません。まあ、それとて私が知りえた一部の事例かも知れません。ただ、それが一般的だったという可能性を否定する情報がないのも一つの事実であります。

話がずれましたが、日本海軍は将校や士官が足りなかった。そうした人々の養成という点では陸軍のシステムのほうが、まだ合理的であったといえるでしょう。ともかくこのような状況ですから、海上護衛総隊が陣容を拡張しようにも、将校や士官が足りない。管理職になる人間が足りなければ、組織の大きさはそれによって決まってしまいます。

しかし、にもかかわらず終戦まで日本海軍という組織は動いていました。その理由は、背に腹は代えられず、民間の人間を組織の中にとりこまざるをえなかったためでしょう。短期間の訓練を受けただけで、海軍組織の中にとりこまれてゆく人々。

いわゆる海軍の軍人としては未完成でした。が、彼らには組織を動かしていく実務能力はありました。ミシェル・フーコーが『監獄の誕生』でいっているように規則に従順になることが主体をつくるとき、それが権力関係の発生にもなるならば、いわゆる軍人らしさは必要とされる実務能力とは無関係ということになります。実際、末期の日本海軍が機能していたということは、それを肯定《こうてい》するでしょう。

結局、何をいいたいかといいますと、戦争が総力戦であったなら、必要なのは権力関係の確認ではなく、能力である。ならば能力のある人材を無理なくとりこむ機構こそ、海軍などには必要なのではなかったか。必要なのは戦争に勝つ、少なくとも負けないことなのであって、海軍組織の文化の維持ではなかったはずだから。最近、とみにそんなことを思います。

最後になりましたが、本書における事実誤認や誤りなどに関しましては、その責はすべて私にございます。

歴史群像新書
刊行にあたって

歴史群像新書は、雑誌「歴史群像」、ムック「歴史群像シリーズ」をベースとし、新たに歴史専門の新書のシリーズとして発刊したものです。

歴史を彩る様々な人間、戦い、ドラマ、それらは私たちに多くの謎と教訓、感動と興奮を与えてくれます。この「歴史群像新書」が、歴史ファンの方々に、常に新鮮な感動を与え、多彩な斬り口で、くめどもつきない歴史の面白さを味わっていただく一助になれば幸いです。

ご意見、ご要望などお寄せください。

興国《こうこく》の楯《たて》 通商護衛機動艦隊

著者――林　譲治
発行人――中村雅夫
発行所――株式会社学習研究社
〒145-8502　東京都大田区上池台4-40-5
印刷・製本――中央精版印刷株式会社

この本に関する各種のお問い合わせは、次のところにご連絡ください。
●編集内容については、☎03（5434）1526（編集部）
●在庫、不良品（乱丁、落丁）については、☎03（3726）8188（出版営業部）
●それ以外のお問い合わせは、学研お客様センター「歴史群像新書」係へ
・文書は、〒146-8502　東京都大田区仲池上1―17―15
・電話は、☎03（3726）8124